Edna, Irma et Gloria

Denise Bombardier

Edna, Irma et Gloria

ROMAN

Albin Michel

À ma nièce Émilie Bombardier
pour qu'elle puisse mieux comprendre
la devise du Québec : « Je me souviens. »

1

Elles ne pouvaient se passer les unes des autres. S'aimaient-elles ? Rien n'est moins sûr. Dans la famille, l'amour était secondaire. On sortait du ventre de la même mère, on partageait le même père, tout était joué. L'aînée des trois sœurs Desrosiers, Gloria, joueuse de cartes invétérée et célibataire sans remords, traîna toute sa vie des soupirants qui s'essoufflaient à lui courir après. Gloria se moquait des hommes mais ses deux sœurs Irma et Edna prétendaient que, dans le lit, ça se déroulait autrement.

Irma, baptisée la Rougette à cause de sa chevelure, n'avait rien à envier aux actrices d'Hollywood, référence ultime du trio en matière de beauté. Irma craignait Gloria qui ne se gênait guère pour lui rappeler son manque d'intelligence lorsque, marchant dans la rue, les hommes n'avaient d'yeux que pour la Rougette. « Tes cheveux rouges, tes yeux verts, ça frappe, mais ça augmente pas la grosseur de ton cerveau », disait-elle à sa sœur. « T'es ben vache, répliquait Irma. La jalousie t'aveugle. » Edna, elle, l'accusait de l'avoir maltraitée lorsqu'elle était bébé. Irma avait changé les couches d'Edna et lui avait donné le bibe-ron jusqu'à l'âge d'un an, leur mère étant débordée avec sa douzaine d'enfants. « Te rappelles-tu ? » demandait par-fois Irma en quête d'affection et de reconnaissance. « Je m'en souviens comme si c'était hier. Les fesses me brûlent encore. Tu me laissais dans la pisse des journées complètes. Pis, tu me faisais boire quand c'était toi qui avais soif. » « Maudite sans-cœur », répliquait Irma, des sanglots dans la voix, immanquablement affectée par l'ingratitude d'Edna.

Petite de taille, maigre comme un clou, d'une vivacité à consigner dans le Livre des records Guinness, Edna ter-rorisait les deux autres. « Elle a beau être vite sur ses patins, ça l'empêche pas de déshonorer not'famille en se saoulant à longueur d'année », se plaignait Irma qui buvait autant. Mais contrairement à elle, Irma ne cherchait pas les esclan-dres. Elle disait : « J'suis distinguée moi, j'sais ce que c'est que d'avoir de la classe. » Elle croyait que sa beauté la mettait à l'abri du regard méprisant des gens de la Haute, les hommes de la Haute, plus particulièrement.

Elles appartenaient à une époque où les parents accep-taient tous les enfants que le bon Dieu envoyait. On était catholiques, forcément pratiquants et nécessairement canadiens français. Les trois sœurs n'appréciaient pas ces fatalités. Gloria adorait son prénom qu'on chantait à la messe mais détestait les « mangeux » de balustrades, la langue trop étirée en recevant l'hostie. Irma riait ouver-tement des « torcheuses » de presbytères. Elle disait : « Les servantes des curés servent pas les curés, elles servent aux curés », et le trio éclatait de rire. Quant à Edna, elle clamait que les Canadiens français, un peuple de moutons, méritaient d'être tondus chaque automne afin de se geler le cul assez dur en hiver pour recevoir tous les coups de pied entre les fesses que les Anglais voudraient bien leur donner.

Les trois sœurs se réjouissaient de ne pas se ressembler, de ne pas avoir la même taille et, croyaient-elles, de traits communs. Chacune s'estimait supérieure aux deux autres. De fait, en recomposant le trio par paire, les affinités ressortaient. Mariées, sans enfant, Irma et Edna buvaient sans mesure. Edna et Gloria, elles, entretenaient le culte des juifs dont elles parlaient la langue. Elles l'avaient apprise en travaillant ; la première en tant que bonne dans une famille Cohen et la seconde comme repasseuse dans une manufacture de vêtements pour dames, propriété des Goldstein. Gloria faisait front commun avec Irma devant les frasques nombreuses et répétées d'Edna sous l'emprise du vin sucré qu'elle buvait à la pinte. Lorsque celle-ci rendait visite à ses sœurs, chez Irma toujours, car Gloria, elle, habitait avec leur mère, il leur arrivait de ne pas lui ouvrir malgré ses cris. « Ouvrez-moi, bande d'hypocrites. Je l'sais que vous êtes là. » Les passants la regardaient et elle les interpellait : « Mes sœurs sont deux vaches », leur lançait-elle en s'époumonant. Par peur du scandale, les sœurs, la plupart du temps, finissaient par céder. « Ah, mes deux chiennes, vous avez honte de moi, criait Edna, victorieuse, en entrant. J'vous aime pareil », ajoutait-elle en riant à gorge déployée.

Le trio se reconstituait quand il s'agissait de louanger leur père, un homme parfaitement bon dont tout le monde, selon elles, avait abusé. Ces femmes, que peu de choses attendrissaient, se transformaient en petites filles qu'elles n'avaient jamais réellement été lorsqu'elles racontaient, admiratives, des épisodes banals de la vie du saint homme mort en martyr, sans se plaindre, amputé des jambes à cause du diabète. À les entendre, le père possédait toutes les qualités du vrai homme. Il parlait rarement, riait souvent, donnait toujours raison à sa femme qui dirigeait la maison « comme un homme », c'était leur expression, et ne se fâchait jamais. Après son décès, quand le trio s'engueulait, Irma, celle qui supportait le plus mal leurs disputes, prononçait la phrase magique : « Le père nous voit », et les sœurs se calmaient sur-le-champ. Elles levaient les yeux au ciel comme si elles apercevaient, assis sur un nuage, le seul homme qu'elles auront aimé sans restriction.

Le trio craignait leur mère avec la même intensité. Elles baissaient le ton en parlant d'elle, donnant l'impression que cette dernière pouvait les entendre. Elles s'adressaient à elle en disant « la mère », jamais maman, indiquant sans doute qu'avec douze enfants, la mère appartient davantage à la famille qu'à chacun de ses membres. Et elles la vouvoyaient, s'interdisant les jurons qui émaillaient leur langage. Elles n'en espéraient aucune marque d'affection, aucun attendrissement. Elles cherchaient seulement à la faire rire, unique faiblesse avouée de cette maîtresse femme qui adorait se payer la tête des autres. Edna y réussissait si bien que ses deux sœurs en avaient conclu que tout mouton noir qu'elle fût, leur mère la préférait à tous. Edna n'en croyait rien. Elle estimait qu'elle était la plus drôle du clan parce que la plus intelligente. Elle buvait beaucoup aussi à cause de cela. « Quand on est trop intelligent, on peut pas être heureux. Faut être cave pour voir la vie en rose », répétait-elle dès qu'elle avait un verre dans le nez, c'est-à-dire trois ou quatre jours par semaine, en dehors du carême, ses quarante jours annuels de sobriété, preuve indiscutable qu'elle n'était pas une alcoolique, qualificatif dont elle affublait ceux qu'elle méprisait. Et Dieu sait qu'ils étaient nombreux.

Tout au long de sa vie, Irma tenta malgré tout de se rapprocher de sa mère en habitant près de chez elle. Elle lui servait d'indicatrice, colportant des ragots sur les uns et les autres mais avant tout sur Edna et Gloria. Pour son malheur, sa mère ne réagissait jamais comme elle le souhaitait. Celle-ci l'envoyait promener ou se fâchait tout net ou restait indifférente à ces calomnies et médisances. En apparence du moins.

Gloria, elle, vivait avec la mère et deux de ses frères, Maurice et Arthur. Les deux femmes partageaient peu d'intimité. La mère fermait les yeux sur la vie agitée de sa fille et la fille s'appliquait à sauver les apparences. Elle découchait de la maison maternelle chaque samedi, soirée des joueurs de cartes, en prétextant la peur de rentrer seule en tramway après minuit, une bonne raison aux yeux de la mère qui pesta toute sa vie contre les dépensiers circulant en taxi. Elle assistait à la messe de onze heures trente le dimanche, celle des retardataires, précisait sa mère d'un ton sec. Entre les deux femmes, la règle exigeait que la mère se comporte en mère, c'est-à-dire qu'elle serve de bonne à tout faire, et que la fille débourse un loyer. Ce lien financier entretenait un sourd ressentiment de Gloria envers sa mère, et un attachement sans bornes.

Face aux hommes, l'unanimité soudait les sœurs. Les mâles qu'elles flattaient par-devant, elles les crucifiaient par-derrière, non sans s'être moquées d'eux avant de leur porter le coup final avec des mots-assommoirs. Tour à tour elles les traitaient d'écœurants, d'épais, de cochons, de sans-desseins et de maudits menteurs. Elles insistaient beaucoup sur la fourberie masculine. Irma et Gloria avaient abîmé leur jeunesse avec des hommes mariés ou des célibataires chic et distingués qui les avaient laissées tomber, après s'être amusés avec elles, soutenait Edna. Elle disait que ce genre d'hommes n'épousaient que des Maria Goretti, nom donné aux filles pures en référence à une jeune Italienne assassinée par un garçon après s'être refusée à lui et dont le clergé vantait les mérites du haut de la chaire. Gloria et Irma se montraient les plus virulentes, sans doute pour avoir été davantage trahies. « T'es trop pardonneuse », lançait Irma à Edna quand celle-ci atténuait parfois la férocité des propos de ses sœurs en soutenant qu'il pouvait y avoir des exceptions à la règle. « Tu peux ben parler, tu mènes ton mari par le bout du nez », disait

Irma. « Par le bout tout court », ajoutait Gloria pour qui tout homme n'avait que sa queue en tête. « J'suis pas née de la dernière pluie. J'suis simplement moins vicieuse que vous autres », répliquait Edna. « Un homme doit avoir deux poches, une pour tenir ses boules bien en place, l'aut' pour mettre son magot », prétendait Irma. « On dirait que t'as un diplôme dans l'anatomie des hommes », rajoutait Gloria. « Fais pas ta sainte-nitouche. Tu pourrais me donner des cours dans ce domaine-là », lui lançait Irma. Avant tout, le trio considérait les hommes comme des êtres lâches, faibles et, dans le meilleur des cas, des garçonnets à protéger contre eux-mêmes. À leurs yeux, même les écœurants pouvaient faire pitié. Sans doute faisaient-elles référence à leurs propres frères toujours vivants. Car les morts suscitaient, la plupart du temps, leur indulgence. « Y nous font pas mal », aimaient-elles à répéter.

Les secrets de famille, rien de mieux que les beuveries pour les étaler au grand jour. Forcément, Edna en prenait l'initiative. Après avoir ingurgité plusieurs verres, elle s'enrageait surtout contre Irma qui levait le coude presque autant qu'elle mais jouait la sobre. Ça sortait par bribes. « Ton mari a la queue molle. » Cette remarque offusquait peu Irma. « Ben oui, est molle, pis toute p'tite... Par temps froid, je la vois même pus. Mais on peut pas tout avoir, ajoutait-elle. Un bon travailleur pas dépensier et un bûcheron dans le lit. » Pour la blesser vraiment, Edna lui parlait d'un voyage de deux semaines effectué quand elle avait vingt et un ans, voyage dont elle était revenue mince et pâlotte. Edna, incapable d'avoir un enfant, ne pardonnait pas à sa sœur de s'être débarrassée du sien, au prix d'être devenue stérile.

Les secrets entourant Gloria semblaient plus opaques. Même saoule, Edna s'y aventurait prudemment. Pour faire réagir Gloria, elle lui reprochait d'avoir l'esprit de famille trop développé. Ça plongeait cette dernière dans une fureur inexplicable parce que inexpliquée. Elle l'accusait, de plus, de voler les cavaliers des autres, surtout ceux de sa meilleure amie Rose, qui avait un temps fréquenté leur frère Maurice. Après ces scènes où la violence le disputait à l'insulte, Gloria pouvait rester des semaines sans parler à Edna malgré les intercessions suppliantes d'Irma. Elles se raccommodaient à l'occasion de Noël, ou de Pâques, ou de l'Immaculée Conception. Cette dernière fête liturgique, leur mère l'affectionnait au point de préparer un repas spécial où tous les mets étaient blancs, de la sauce au poulet au gâteau à la vanille à quatre étages, en passant par la soupe aux patates. Cette journée fériée était la seule fantaisie dans la vie besogneuse et routinière de cette femme endurcie et obsédée de pureté.

L'entourage des sœurs servait de matière à leur relation triangulaire. Elles vivaient pour se parler des autres, pour les haïr en chœur, s'en méfier, se les approprier, les abandonner, rire d'eux, rire énormément, très rarement les apprécier et, à titre exceptionnel, les affectionner. Les sœurs étaient des femmes enragées qui entretenaient leur rage comme d'autres soignent leur corps.

2

Les sœurs Desrosiers se considéraient avec raison des rescapées puisque, après la Deuxième Guerre mondiale, seuls six des douze enfants survivaient : elles et leurs frères Maurice, Arthur et Roméo.

Rarement les trois sœurs parlaient des frères vivants. Elles préféraient de beaucoup les morts. Elles avaient un faible pour Albertine morte à deux ans d'une maladie autour de laquelle elles divergeaient d'opinion. Edna optait pour la pneumonie, Irma pour la rougeole, Gloria assurait qu'il s'agissait d'une maladie venue d'Afrique. « T'é pas docteur à ce que je sache », lançait Edna. « Non, répliquait Gloria, mais je suis sortie deux ans avec le Dr Octave Bérubé. » « Je suppose qu'il te donnait des cours pratiques », ajoutait Edna. « Tu penses rien qu'à ça. Tu devrais t'en confesser », disait l'aînée. « Chu mariée moi. Tout m'est permis », concluait Edna. « Tu peux acheter un billet d'autobus et jamais monter dedans », rajoutait Irma, toujours disposée à plaindre son sort d'épouse en chaleur si rarement mise à contribution.

Elles regrettaient Alice, décédée à la fin des années trente à vingt-six ans, officiellement d'une péritonite mais ce mot faisait écran. Irma s'émouvait chaque fois qu'elle se la rappelait et Edna oubliait de vider son verre en en parlant. « Pauv'elle qui s'est vue mourir à petit feu. Je me souviens encore de ses yeux traqués », disait Gloria. Alice les attendrissait et elles s'entendaient pour reconnaître que cette sœur avait eu une vie de chien, malchanceuse sur toute la ligne. Elle n'avait fréquenté que des bons à rien qui l'attiraient en jouant à faire pitié. « Elle se faisait manger la laine sur le dos, un exploiteur n'attendait pas l'autre. » Edna n'en démordait pas. Elle était convaincue qu'elle aurait pu lui sauver la vie si seulement Alice avait mentionné devant elle ce mal de ventre épouvantable qui lui avait déchiré les entrailles trois jours durant. Chaque fois qu'Edna se remémorait cette histoire, Gloria s'enrageait. « Arrêtons de nous faire des accroires, la péritonite se déclenche pas par des lavements d'eau de Javel dans le bas du corps. » L'expression était réservée aux parties intimes que ces femmes, au langage pourtant si cru, n'auraient jamais nommées. La péritonite d'Alice les ramenait toujours à la dureté de leur vie commune sur laquelle elles s'interdisaient de s'apitoyer de peur d'amoindrir la combativité qui leur tenait lieu d'armure.

Leur frère Albert, ayant subi une espèce de purification du fait de sa disparition lors du débarquement en Normandie durant la guerre 39-45, échappait à leur vindicte à l'endroit des mâles. Héros malgré lui, il ennoblissait la famille. Malgré lui, car il avait tout tenté pour éviter d'être conscrit, sauf à imiter son frère Arthur. Ce dernier avait pris les grands moyens en se sectionnant le petit orteil, une invalidité selon les règles de l'armée. Arthur s'était retrouvé enrôlé en Ontario sur une base militaire où il passa la guerre à éplucher des patates et à servir la messe de l'aumônier du camp. Pour un mécréant doublé d'un paresseux, la guerre se transforma en une longue période de plaisir.

Le trio mentionnait toujours Albert devant les étrangers. « Notre frère si courageux », disaient-elles. Mais elles auraient préféré que l'on retrouve son corps. Elles aimaient l'idée qu'il fût enterré en France, au pays des ancêtres. Gloria ajoutait que la famille avait la chance d'être assurée de sa présence dans la barge de débarquement à Dieppe, ce qui évitait aux méchantes langues de laisser courir la rumeur qu'il s'était sauvé avant de combattre. Ces méchantes langues, c'était la branche de la famille restée à la campagne. Des bornés aux yeux des sœurs pour qui habiter la ville représentait une supériorité indéniable. De fait, elles méprisaient les campagnards qui, selon elles, sentaient le purin, le poulailler et le foin mouillé. Gloria affirmait de plus, et les sœurs acquiesçaient tout en admettant qu'elle exagérait, que ces gens-là étaient des visages à deux faces empressés à se réfugier dans les granges et les étables pour faire leurs cochonneries devant les bêtes, témoins à jamais muets.

Les rares visites aux cousins, qu'elles traitaient avec obséquiosité, se déroulaient dans le cadre d'enterrements d'oncles et de tantes pour lesquels elles versaient des larmes de crocodile. La braillarde la plus convaincante se révélait Gloria, par ailleurs la plus coriace des trois. Les deux autres la surnommaient l'Actrice et Edna la mettait souvent en garde d'être trahie à forcer ainsi la note. Aux funérailles de leur tante Rachel, une peste malcommode, malodorante, réputée pour son avarice et qui avait dénigré le choix de leur propre père comme époux de leur mère, Gloria quitta précipitamment l'église, étranglée par les larmes. La semaine précédente, dans un mouvement de colère aussi imprévisible que rare, son amoureux Éloi l'avait plaquée. Les cousins, attendris par sa peine apparente, l'avaient réconfortée et lui avaient fait don d'une broche en marcassite appartenant à la chipie. « On aurait jamais pensé que l'attachement de Gloria à notre mère était si fort », avait dit sa fille aînée. « Gloria cache toujours ses sentiments. Mais c'est une personne bien sensible », avait répondu Edna. Une semaine plus tard, Éloi réapparaissait. Edna et Irma exigèrent que la broche soit tirée au sort. « Je vois pas pourquoi, on serait perdantes parce que nos maris nous ont pas fait brailler le jour de l'enterrement », dit Edna. « Mangez de la chinoutte, avait répondu Gloria. Le grand cave d'Éloi m'en a assez fait baver, je la mérite c'te baptême de broche-là ! »

Le fait d'avoir des prénoms qui finissaient en *a* accroissait leur sentiment d'être singulières. Ce *a* les distinguait mais Gloria tirait un orgueil supplémentaire d'être partie intégrante du texte sacré de la messe. Les deux autres se vantaient d'échapper aux prénoms communs, les Alice, Georgette, Marie-Louise, Jeannette ou, pire, Albertine, Georgine, Omérine qu'on retrouvait dans la famille. S'ajoutait à l'originalité d'Edna le fait d'être née aux États-Unis dans le Rhode Island où les parents avaient émigré au début du XXᵉ siècle, espérant échapper à la misère. Hélas, si le travail dans les usines de textile s'obtenait facilement, la vie de sous-prolétaires américains ne parlant que le français était insupportable à leur mère qui n'en continuait pas moins d'accoucher. Durant ces années, elle perdit un bébé à la naissance qu'on ondoya sur-le-champ, mais Mme Desrosiers, tel Thomas, douta que le petit garçon prénommé Hector fût monté au ciel. Au cours de sa vie, elle s'en ouvrit à quelques prêtres qui tentèrent de la convaincre que l'ondoiement valait bien le baptême et que le nourrisson avait échappé aux limbes. La mort accidentelle d'une petite fille de quatre ans, Aline, qui avait avalé de la poudre à récurer, acheva de la démoraliser. La famille agrandie revint donc au pays, pauvre comme Job, ce qui n'empêcha pas le trio de prétendre, leur vie durant, à une supériorité sociale en raison de ce séjour américain et de ces prénoms qui ne les enfermaient pas dans la race canadienne française née pour un petit pain qui les humiliait tant. Elles se réjouissaient de partager des prénoms d'actrices d'Hollywood. De plus, pour Edna et Gloria, le fait de lire le journal, à haute voix car ayant peu fréquenté l'école, la lecture était ardue, cet exploit donc les remplissait de fierté. Pour sa part, Irma laissait à son mari le soin de lui raconter les nouvelles. Les deux sœurs estimaient que la paresse de la Rougette dénotait la faiblesse de son quotient intellectuel et son insensibilité totale aux malheurs de l'humanité.

Les trois sœurs ne se plaignaient pas. Ni de la rugosité de leur vie, ni d'être exploitées, ni même de manquer d'argent. Leur position naturelle était l'attaque. Réunies, leur force de frappe impressionnait. Seules, elles s'ajustaient à l'attaquant du moment. Elles ne reculaient qu'en insultant ou en jouant les charmeuses. Gloria se révélait la plus douée pour l'ensorcellement des hommes, Edna n'avait pas de temps à perdre avec la séduction, sauf quand l'interlocuteur se montrait intraitable, et Irma pratiquait plus aisément la coquetterie. Elles ne supportaient aucune critique, la démolition des autres était leur chasse gardée. Et l'histoire de la famille racontée par le trio échappait à toute vérification. Leurs témoignages individuels se contredisaient mais il existait une version triangulaire unique. Ayant trafiqué leurs certificats de baptême sans se consulter, Gloria vécut des années en se prétendant plus jeune que ses sœurs dont elle était l'aînée et Irma se rajeunit de dix ans au moment de sa rencontre avec Émilien de huit ans son cadet, de peur qu'il refuse de l'épouser. Edna se moquait d'elles, ce qui ne l'empêchait pas d'être chatouilleuse sur son âge qu'elle modifiait selon l'interlocuteur. À vrai dire, la peur de vieillir obsédait moins les sœurs que celle d'être démasquées. Car, à force de mentir aux autres, elles avaient fini par se croire. Leur vie, moins inventée qu'adaptée, leur épargnait regrets et découragements.

Les trois sœurs exprimaient du mépris pour les pauvres et du dédain pour les riches. Les premiers, auxquels elles ne s'identifiaient pas, à leurs yeux, choisissaient leur malheur et les seconds, affirmaient-elles, n'avaient pas de morale. Ayant fréquenté des riches dans leur jeunesse, Gloria et Irma savaient d'expérience qu'ils recherchaient la même chose que les pauvres. « On est tous équipés pareil. » Edna résumait ainsi leur conception de l'égalité humaine. Elles aimaient aussi l'idée que tout le monde finissait par se retrouver dans la page nécrologique qu'elles lisaient religieusement. Gloria ne pardonnait pas aux pauvres de le demeurer et estimait que sa vie de célibataire la mettait à l'abri du sort misérable de cette basse classe, comme elle qualifiait les démunis. Elle se citait en exemple de réussite. À repasser des robes, elle gagnait davantage qu'une secrétaire, pouvait céder à sa passion des chaussures dispendieuses et jouer aux cartes mesurément. Elle versait une pension hebdomadaire à sa mère pour être nourrie et logée et réussissait à épargner quelques dollars en sus. Pour le reste, c'est-à-dire le restaurant et les fantaisies, elle comptait sur les hommes qui savaient mettre la main dans leurs poches. C'est d'ailleurs la raison pour laquelle elle endura Éloi qui était fou d'elle si longtemps à ses côtés. Sans éprouver ni amour ni respect pour lui.

Irma avait connu des déboires amoureux successifs et décida un jour de se caser car elle avait une peur bleue de demeurer célibataire. Émilien traversa son champ de vision et elle mit le grappin dessus. Son « pitou », surnom de chien très à propos, prétendait Edna qui désignait son mari de « mon loup », qualificatif plus affirmé et affectueux, son « pitou » donc, naïf et docile, n'avait d'yeux que pour sa belle Rougette dont il ignora longtemps à l'évidence la férocité et la dissimulation. Le lendemain de ses noces, elle quitta son emploi dans un atelier de cierges pour se faire entretenir par celui qu'elle croyait appelé à un grand avenir. N'avait-il pas fréquenté l'école onze années ? Or, Émilien, grand lecteur de romans, des niaiseries aux yeux d'Irma, se révéla dépourvu de toute ambition. Il rêvait d'être peintre ; elle l'encouragea à postuler un emploi dans une entreprise de peinture. « Il aime la senteur de la térébenthine, pis les couleurs, et il gagne not'vie. Qu'est-ce qu'il veut de plus ? » Elle l'attendait tous les vendredis soir, pour qu'il lui remette l'enveloppe brune contenant sa paye. Elle soutirait alors un billet de deux dollars pour ses petites dépenses hebdomadaires. Toujours, il la remerciait. « Mon argent est entre de bonnes mains », répétait-il sans que l'on sache vraiment le sens exact de sa remarque.

Edna s'attacha à un homme taciturne, solitaire et peu avenant qui se transformait en clown sous l'effet de l'alcool. Ubald aimait jusqu'aux frasques de sa femme et applaudissait même lorsqu'elle se déchaînait en public. On aurait dit qu'elle le délivrait de son propre silence.

Edna, Irma et Gloria

Pour justifier l'absence d'enfant dans le couple, Edna avançait une explication selon laquelle ses ovaires étaient inversés. Les sœurs ne mirent jamais en doute sa curieuse théorie de l'inversion ovarienne, probablement parce qu'elles n'auraient pas pu décrire leurs propres organes génitaux. Le couple s'amourachait de chats et Ubald se saignait à blanc pour faire vivre le ménage car, jaloux de surcroît, l'idée que sa femme travaille l'insupportait. En ce sens, il préférait la voir saoule et seule que sobre parmi le monde.

3

Chaque sœur avait vécu un épisode déterminant au cours duquel sa vie avait basculé. Elles y revenaient au hasard d'une conversation comme on insère une pièce dans un casse-tête à mille morceaux qui reproduit un ciel nuageux en demi-teintes. Le trio, en s'attardant aux détails de l'épisode, empêchait l'interlocuteur de cerner la juste portée du drame de chacune. La plus secrète des sœurs se révélait Gloria qui dévoilait les pans de sa vie au compte-gouttes. La mémoire qu'elle retrouvait si vive quand il s'agissait de plonger dans les histoires des autres s'estompait dès qu'il était question d'elle. L'alcool, qu'elle consommait modérément comparé à Edna et Irma, ne lui déliait pas la langue. On peut penser que la rancœur l'empêchait d'exprimer ses sentiments. Sans doute estimait-elle que la rage qu'elle s'était vissée au cœur la ferait exploser si elle consentait à la laisser émerger. Gloria tournait donc tout en dérision de telle manière que même ses proches ne décryptaient pas toujours si elle blaguait ou si elle parlait sérieusement.

Sa vie heureuse avait été de courte durée. Elle l'avait connue chez sa grand-mère paternelle à la campagne, dans la vallée du Saint-Laurent, le jour où ses parents, installés depuis cinq ans dans le Rhode Island, l'avaient expédiée des États-Unis, afin d'avoir une bouche de moins à nourrir. C'était pendant la Première Guerre mondiale, Gloria avait huit ans à l'époque et déjà la marmaille bruyante autour d'elle l'horripilait. Obligée de « torcher », comme elle disait, ces bébés au biberon, en couches et au sein, de laver les planchers, de repasser les guenilles des uns et des autres, elle se sentait esclave d'une vie subie et détestée. Elle vécut donc la séparation d'avec ses parents comme une délivrance. Enfin, elle devenait une enfant.

Sa grand-mère Desrosiers l'accueillit à bras ouverts. Veuve depuis plusieurs années, elle se remettait à peine du décès de son fils cadet, étudiant en médecine, une référence inestimable pour la famille proche et éloignée. Tout le monde pouvait se vanter devant les étrangers d'avoir un docteur dans la parenté. Lorsqu'il mourut de tuberculose à l'âge de vingt-trois ans, la famille perdit le peu de prestige social auquel elle prétendait. La grand-mère avait épousé plus bas qu'elle, comme on disait alors, mais son mariage d'amour avec Ernest Desrosiers, forgeron de métier, fit rêver les plus sceptiques et devint la référence mythique d'une famille par ailleurs peu portée au romantisme. Les trois sœurs aimaient croire que leurs propres parents, tout pauvres qu'ils étaient, formaient aussi un couple amoureux. Du moins, elles s'entendaient pour dire que leur père aimait leur mère, car la dureté apparente de cette dernière les empêchait de lui attribuer ce genre de sentiments.

Gloria racontait qu'elle avait débarqué en guenilles chez sa grand-mère qui s'empressa de lui confectionner une garde-robe digne de sa beauté. « Ma grand-mère aimait ma chevelure. Elle me brossait les cheveux chaque soir durant une demi-heure, racontait Gloria, encore éblouie d'avoir été l'objet de tant d'attention. J'avais l'air d'une princesse avec mes robes en crêpe de Chine, mes chandails en laine angora et mes bas noirs en fil d'Écosse. » La petite fille fréquentait l'école des sœurs et, selon ses dires, devint leur préférée. Elle rapportait à la maison des bulletins remplis de commentaires élogieux. « Je me classais dans les cinq premières chaque mois. Je rendais ma grand-mère bien fière. » La vieille dame lui enseigna le piano que Gloria pratiquait tous les jours sans rechigner. Elle aimait décrire l'élégance de l'ameublement, la qualité des draps et du lit douillet qui était le sien, elle qui avait dormi depuis son plus jeune âge étendue sur une couverture par terre, entourée de ses bruyants frères et sœurs, dans l'une des deux pièces du taudis qu'habitait la famille.

Gloria ne s'ennuyait aucunement de sa tribu et sa nouvelle vie, une renaissance à ses yeux, la remplissait de bonheur. L'affection, la gentillesse, l'attention, la propreté dont sa grand-mère l'entourait lui firent perdre rapidement la mémoire de sa vie d'antan. Quand la vieille dame lui donnait des nouvelles des États-Unis, qu'elle recevait dans de rares lettres courtes et tristes,

Gloria versait quelques larmes pour éviter d'être qualifiée de sans-cœur. Elle disait : « Mon père et ma mère sont des Américains, moi je suis une Canadienne. » Cela faisait sourire la grand-mère. « Ça a bien l'air que tu vas être obligée de t'occuper de moi dans mes vieux jours », répondait l'aïeule en lui tapotant la joue. Le soir, au pied de son lit, Gloria s'agenouillait de longues minutes pour demander au bon Dieu d'être oubliée par ses parents. Trois années de cette vie de rêve s'écoulèrent. Attachée fortement à l'aïeule devenue son idole, la petite fille crut son désir réalisé. Elle allait être inscrite au grand couvent, deviendrait maîtresse d'école, ses élèves lui obéiraient au doigt et à l'œil et ils apprendraient à se conduire comme des demoiselles et des petits messieurs. À la différence de ses ex-frères et sœurs.

La lettre arriva la veille de la procession de la Fête-Dieu où Gloria, vêtue en archange, s'apprêtait à triompher. D'habitude, sa grand-mère lui lisait les missives à haute voix après les avoir parcourues rapidement. Ce jour-là elle lut le feuillet, et la petite fille comprit, en voyant le visage décomposé de celle-ci, qu'un drame se jouait dans la famille. « Y a quelqu'un de malade ? » demanda-t-elle. « Non, non, ma belle, répondit la grand-mère. C'est un léger désappointement. » Et contrairement aux fois précédentes, elle enfouit la lettre dans la poche de son tablier. Gloria assura tout au long de son existence que la prémonition de son malheur futur l'avait pour toujours inoculée contre le bonheur. « Jamais on doit se laisser aller à être heureux. On finit par se faire démolir et pas nécessairement par ceux qu'on pense. »

Trop bouleversée pour lui communiquer la nouvelle personnellement, la grand-mère confia la tâche au curé de la paroisse mais elle attendit le lendemain de la procession. Plongée dans l'appréhension, Gloria ne dormit pas durant deux nuits. « Mes ailes d'archange tremblaient pendant la cérémonie au reposoir. Je devais avoir l'air de désirer m'envoler, racontait-elle plus tard, incapable de ne pas introduire un peu de dérision dans son drame. » À reculons, elle se rendit au presbytère où l'attendait le prêtre. Il la fit asseoir sur une chaise droite, face à lui dans un parloir qui sentait l'encaustique et la pipe. « Depuis ce temps-là que j'hais la Fête-Dieu », répétait-elle. « Tu connais le quatrième commandement de Dieu, ma petite fille. Récite-le-moi », dit l'homme. « Père et mère, tu honoreras afin de vivre… », murmura Gloria qui étouffa un cri avant de compléter la phrase. Le curé l'informa donc que sa mère avait retrouvé du travail à la *factory*, que son père travaillait la nuit, et qu'elle était réquisitionnée pour s'occuper du foyer. Gloria dit : « Non, non, non, je veux pas repartir aux États », mais elle savait que s'écroulait sa courte vie. Sa grand-mère s'apprêtait à l'abandonner et sa mère la blessait mortellement. « T'es une bonne fille, dit le curé. Ce sacrifice que le bon Dieu te demande, c'est une grande preuve d'amour envers toi. Cette épreuve-là va te grandir. » Dans de rares moments, Gloria se remémorait cette conversation devant ses sœurs et toujours des larmes de rage lui embuaient les yeux. « Le bon Dieu y est comme n'importe quel homme. Ça lui arrive de pas avoir de cœur. » « Parle pas comme ça, c'est sacrilège », disait Irma. « Ferme ta gueule, répondait Edna. En se faisant homme, Jésus a hérité des défauts humains. Y a fait souffrir du monde lui aussi, comme nous autres. S'il avait été parfait, y serait resté au ciel. »

La grand-mère, femme de cœur mais de devoir, n'eut d'autre choix que de renvoyer l'enfant à ses parents. Pour éviter des adieux déchirants, elle prétexta une indisposition et s'enferma dans sa chambre lorsqu'une cousine, sollicitée par elle, vint chercher Gloria pour l'accompagner à la gare. Ainsi, elle ne put embrasser la vieille dame qu'elle ne reverrait jamais puisque cette dernière mourut quelques mois plus tard. Gloria aimait à penser qu'elle était morte de chagrin car elle s'éteignit dans son sommeil sans cause aucune.

À onze ans, seule, Gloria fit le trajet du retour. Durant vingt-quatre heures, assise sur un banc de bois, sa valise sous ses pieds, elle résista au sommeil et ne parla à personne, emmurée dans sa colère dont elle comprit qu'elle deviendrait son arme de prédilection face à la chienne de vie qui l'attendait. Gloria avait refusé d'apporter sa belle garde-robe et laissé derrière elle ses bulletins de classe et ses cahiers remplis d'étoiles d'or et d'angelots. Fini l'école, fini la légèreté, la beauté, la propreté, la politesse, les belles manières. Sa mère l'attendait sur le quai à Providence, Rhode Island. Depuis la province de Québec, Gloria avait traversé le Vermont, le New Hampshire, le Maine, le

31

Massachusetts, comme on parcourt le chemin de croix, station après station, en souffrant un peu plus d'un État à l'autre. En débarquant du train, Gloria aperçut sa mère et éprouva un choc. Celle-ci avait vieilli, son teint paraissait grisâtre, ses chaussures étaient déformées, tordues et son manteau, déjà vieux quand la petite fille avait quitté les États-Unis, était élimé au col, aux manches et aux coudes. « T'as grandi », dit la mère en l'embrassant gauchement sur la joue. « J'ai onze ans », dit Gloria, le regard au sol, un instant tentée de pardonner à l'auteur de ses jours. Mais la fillette résista à cette faiblesse. « C'est là que j'ai appris qu'on pouvait pleurer sans verser une larme. Et qu'on se formait le caractère en fermant sa gueule », affirma celle qui méprisa les faibles jusqu'à la fin de sa vie sans jamais en éprouver de remords.

Substitut de sa mère, Gloria installa dans la maison un régime de terreur. Façon sans doute de faire payer au clan l'inavouable douleur refoulée au fond d'elle. Gloria contrôlait toutes les allées et venues, exigeait qu'on lui parle poliment, rendait corvéable l'un ou l'autre à sa demande et limitait la nourriture. Seule Edna échappait à sa loi d'airain. Pas question, vu sa maigreur, de l'empêcher de manger, d'autant qu'Edna se révélait, au cours des années américaines, une alliée indispensable. Sa maîtrise de l'anglais, sa fronde, son effronterie la transformaient en commissionnaire de la famille, négociatrice à la boucherie, émissaire face aux autorités scolaires. Les frères, tous des cancres accomplis, des hypocrites, des joueurs de tours pendables, obligeaient leur mère, convoquée par les autorités, à se rendre régulièrement à l'école. La plupart du temps, celle-là se faisait remplacer par Gloria qui mobilisait Edna au prétexte qu'elle s'exprimait mieux en anglais. « Mon père souffre du cœur, disait Edna au directeur de l'école, il faut lui éviter les chocs nerveux. » « Et votre mère ? » demandait le directeur dubitatif. « Elle vient de perdre un bébé. C'est pas le temps de l'ennuyer avec les bêtises de nos frères. » Gloria ajoutait : « *My sister and I will take care of them. We are very sorry, sir.* » On les reconvoquait un mois plus tard et elles inventaient de nouvelles excuses. C'était facile puisque leur vie quotidienne se composait uniquement d'incidents et de drames. « La misère attire la misère », disait Gloria. Ses sœurs ne la contredisaient pas.

La détestation éprouvée par Gloria pour les grandes familles datait de cette histoire dans son enfance. De fait, Gloria estimait que les grandes familles comme la leur, un troupeau, disait-elle, ça faisait demeuré. Peut-être croyait-elle aussi que ça trahissait un vice. Dans tous les cas, ça prouvait douze accouplements, en sus des fausses couches dont elle ignorait le nombre. Mais pour rien au monde elle n'aurait osé dénoncer son père ou sa mère. « Les parents c'est sacré », avait-elle l'habitude de répéter comme un leitmotiv. Elle blâmait plutôt les prêtres qui, du haut de la chaire, lançaient des anathèmes aux femmes tentées de limiter les naissances et elle afficha son célibat avec fierté alors que nombre de femmes le vivaient avec culpabilité, voire avec honte. À la fin de sa vie, elle osa, devant ses sœurs, dénigrer la dureté de cœur de sa mère pour l'avoir arrachée à l'affection de sa grand-mère. « Y faut croire que pour la mère, on était nées pour un petit pain », disait-elle. « C'est épouvantable de parler comme ça, répliquait Irma. Not'mère en a assez bavé. » « T'es ben mal placée pour parler contre elle, surenchérissait Edna. À t'a assez torchée jusqu'à la fin de ses jours. » Dans ces moments-là, Gloria se levait et partait en claquant les portes. « Elle joue à la martyre mais ça me fera pas pleurer », disait Edna. « C'est vrai qu'on en a toutes arraché », concluait Irma en reversant du vin dans leurs verres.

4

La vie heureuse d'Irma avait été traversée par le grand Jos. Gloria lui disait : « Tu te rappelles quand le grand Jos arrivait avec sa boîte de cinq livres de chocolats aux cerises ? » « Y savait que j'en étais folle et y aimait ça me voir les manger », disait Irma en soupirant, toujours le même sourire de regret aux lèvres. Edna ajoutait : « Le grand Jos, ç'a été ton meilleur. » « Eh oui, répliquait Irma, mais y en avait une autre plus chanceuse que moi. » Alors les sœurs se taisaient une seconde comme pour la minute de silence au défunt. À cette époque, un homme marié n'était pas mieux que mort pour une fille célibataire.

La beauté d'Irma à dix-huit ans faisait tourner les têtes où qu'elle passe. Même le prêtre à l'église la dévisageait quand elle se rendait à la sainte table. Et c'est dans un parc d'attractions, le parc Summers, qu'elle avait croisé le grand Jos. Habillé comme un acteur, grand comme un prince, la chevelure noire comme un Espagnol et le portefeuille gonflé comme celui d'un millionnaire, telle était la fiche signalétique établie par Irma. « Quand je l'ai vu, je me suis sentie mal et lui y s'est mis à trembler. » Ce fut le début de l'histoire la plus intense de la vie d'Irma.

Le grand Jos succombait souvent aux femmes qui lui tombaient dans les bras avant de connaître Irma. Commis voyageur de métier, il passait sa vie sur la route à parcourir les coins les plus reculés du Québec, de l'Ontario et des États-Unis. Pour un homme marié, c'était l'excuse en béton pour découcher du foyer conjugal. Irma se méfiait d'autant plus des hommes qu'ils s'agenouillaient devant elle dès qu'elle cillait des paupières. Avec Jos, la terre trembla sous ses pieds. Elle découvrait celui dont elle rêvait quand elle consentait à jouer l'abandon dans les bras des autres, les « colleux » qu'elle faisait dépenser, sachant très bien qu'ils voulaient s'amuser avec elle jusqu'au jour où ils reprendraient le rang et marieraient des filles plus ou moins laides mais plus conformes à l'idée qu'ils se faisaient de la mère de leurs futurs enfants.

Irma amenait rarement ses cavaliers à la maison. Par goût du secret et pour éviter les sarcasmes de l'un ou l'autre de ses frères toujours prompts à dénigrer les mâles étrangers qui tournaient autour de leurs sœurs. Avec le grand Jos, le problème s'aggravait du fait de son statut d'homme marié. Difficile de présenter officiellement à ses parents un homme avec qui elle vivait dans le péché. Car Irma perdit la tête d'autant plus rapidement que, vingt-quatre heures après avoir fait sa connaissance, Jos, incapable de feindre, lui avoua qu'il était marié. Durant trois jours, elle pleura jusqu'à s'assécher. Aveuglé de passion, le grand Jos, lui, passa une nuit complète à l'attendre sur le trottoir en face du logement des Desrosiers car elle demeurait enfermée dans la maison, prétextant des maux de ventre que sa mère soignait en lui posant des sacs de glace sur l'abdomen et lui faisant boire du bicarbonate de soude qui la faisait vomir. « T'étais comme possédée du démon. Tu tremblais comme une feuille de papier, pis par moments tu tombais endormie, la tête sur la table de cuisine, se rappelait Gloria. Maudit que tu nous as énervées. » Déchirée entre son désir immédiat et son malheur à long terme, Irma se consumait. La peur lui déchirait les entrailles car elle n'ignorait pas qu'en laissant l'homme entrer dans sa vie, elle choisissait d'être une paria. Cet amour serait caché, la bannirait de l'Église et l'enfermerait dans le mensonge permanent. Mais Irma, qui savait se jouer des soupirants et se défiait d'eux, conservait un sentimentalisme alimenté par les films d'Hollywood. « On n'empêche pas un cœur d'aimer », répétait-elle longtemps après que le grand Jos avait disparu de sa vie.

Elle le revit et, durant deux ans, ils s'arrachèrent tous deux à l'attraction terrestre pour vivre dans un no man's land, expression choisie par le grand Jos et que reprit Irma pour décrire leur passion dévorante. Les années folles s'étaient terminées par le krach de 1929. Mais, pour Irma, comparée à son propre effondrement, la crise économique fut un détail.

Le grand Jos la gâta. Irma insistait beaucoup sur sa générosité. Avec lui, elle fréquenta les boîtes de nuit chic où elle sirotait des Pink Lady, des Gin Gimlet. Elle découvrit le champagne. « Le champagne, on le buvait tout seuls quand j'étrennais une robe de chambre en satin qu'il m'avait achetée. » « C'est plutôt quand tu l'enlevais qu'il te versait une coupe », disait Edna que les radotages nostalgiques de sa sœur finissaient par énerver. Dans ces moments-là, Gloria se portait toujours à la défense de la Rougette. « T'es jalouse, lançait-elle à Edna. T'as jamais eu que des cavaliers qui étaient pauvres comme la gale. » « Ça prouve juste que j'ai jamais vendu mon corps », répliquait leur sœur sous les rires jaunes des deux autres.

Le grand Jos, Irma l'aima si fortement que cet amour, impossible, tarit en quelque sorte ses émotions futures. Et même son corps fut oblitéré par les caresses de son amant. Plus tard, dans son grand âge, elle persistait à croire qu'aucune femme n'avait vibré comme elle. Elle disait d'un air entendu et sur un ton qui se voulait hautain : « Ah ! le sexe ! De nos jours, les gens parlent que de ça. Mais y savent pas de quoi y parlent. » « Tu te penses au-dessus des autres. Tu vas encore nous casser les oreilles avec ton grand Jos », lançait Edna. Irma se mettait la main sur la bouche. « Si je parlais, les femmes me jalouseraient tellement qu'elles voudraient me tuer. » Et elle éclatait d'un rire où, si l'on y prêtait attention, les vieux sanglots étaient enfouis.

Jos lui avait fait découvrir New York et ses hôtels où

le couple restait enfermé parfois deux jours et deux nuits. « T'avais pas de plaies de lit », disait Edna, et Irma jouait la scandalisée. Quand elle prononçait le mot « New York », ses sœurs savaient qu'il fallait l'écouter car elle affrontait une mauvaise passe. Irma cachait ses sentiments jusqu'à l'intolérable et l'évocation de New York lui servait d'antidépresseur. Elle y avait vécu une vie interdite qui aurait révolté sa mère, voire ses sœurs. Du moins, elle aimait le croire. Jos avait fini par se convaincre qu'il pourrait rompre son mariage et s'installer avec elle aux États-Unis. « L'avenir est à Miami », prétendait-il. Il avait même conçu un plan. Elle serait serveuse et lui *bartender* dans un club de nuit, un endroit de prédilection pour eux. Ils gagneraient une fortune, vivraient au soleil à longueur d'année, voyageraient jusqu'en Californie et de là au Mexique. Ils riraient, boiraient, s'aimeraient sans contrainte et sans témoin. « Et tes enfants ? » demandait Irma. « Je les ferai vivre grassement et je viendrai les voir au Canada de temps en temps. » Irma n'avait pas de grands principes, sa conscience était très élastique, mais l'idée de séparer un père de ses enfants lui était inconcevable. Celle de rompre les ponts avec sa propre famille également. Elle se consumait dans les bras du grand Jos qui lui faisait franchir jour après jour les limites de son corps et de ses émotions. Ils couraient à leur perte en s'entraînant l'un l'autre. À l'occasion, elle amenait son amant chez ses parents pour défier ses frères mais aussi pour normaliser durant quelques heures une relation qui ne pouvait l'être. Jos arrivait les bras chargés de cadeaux qu'il déposait devant Mme Desrosiers. « Y est ben généreux mais y en fait trop, disait la mère à sa fille en ajoutant : Ça donne rien de plus. » La remarque était un coup de poignard planté dans le cœur d'Irma.

« J'ai été folle de dire non à Jos », avouait-elle après cinq ou six verres de gin. Éternelle insatisfaite, les plaisirs furtifs, même violents et lubriques que lui procuraient ses nombreux amants la laissaient frustrée. Elle conservait une rancœur pour tous ceux qui croyaient la faire céder à leurs charmes alors que c'est elle qui les possédait. Elle les quittait systématiquement l'un après l'autre et du jour au lendemain.

Après avoir donné trois ans de sa vie au grand Jos, elle ne se remit jamais de la rupture mais on n'était pas sur terre pour être heureux. Quelques années plus tard, Émilien, le gentil naïf, croisa sa route ; elle le harponna sans effort et sans état d'âme.

5

Edna connut sa période faste à l'adolescence chez les Cohen. C'était au retour des États-Unis à la fin des années vingt, elle avait treize ans, sa mère l'avait retirée de l'école pour la placer dans cette famille juive. Edna aimait raconter les mises en garde maternelles contre le danger que représentait le fait de vivre chez des juifs. Mais l'attrait d'une bonne paye et l'avantage d'une bouche de moins à nourrir éliminèrent les objections religieuses. « On prie pas le même bon Dieu et on pense pas de la même façon », avait prévenu sa mère en lui faisant promettre d'asperger d'eau bénite la chambre où elle dormirait. Ce que fit la fillette durant quelques mois, en renouvelant la flasque d'eau sanctifiée chaque dimanche dans le bénitier de l'église. Edna, à peine plus âgée que les enfants Cohen, découvrit dans ce foyer une vraie maison avec des chambres à coucher et une culture totalement exotique composée pour elle d'odeurs bizarres et d'un parler au début indéchiffrable. Si le calendrier liturgique ponctuait ses semaines de petite catholique, celui des juifs se révélait plus contraignant encore. Mais Edna s'en fichait car elle vivait une liberté jamais imaginée. La jeune Mme Cohen, une capricieuse qui lui faisait épousseter jusque dans les tiroirs des commodes, l'amenait, par ailleurs, dans les boutiques de tissus. Grâce à quoi, Edna apprit pour la vie à palper la soie, le velours, le coton glacé, la mousseline.

Elle accompagnait aussi le mari chez les poissonniers et sut très tôt choisir les carpes vivantes qu'elle déposait ensuite dans des bacs au sous-sol de la maison. Il lui arrivait, en l'absence des maîtres, d'inviter ses jeunes amis à pêcher les poissons, munis d'un bâton au bout duquel elle accrochait du fil à coudre et une épingle à ressort. La troupe découvrait à sa façon le sens du sabbat dont il était question dans le petit catéchisme. Les enfants comprirent aussi que la synagogue était l'équivalent modeste de leur énorme église paroissiale.

L'après-midi, quand elle se retrouvait seule à la maison en compagnie de la grand-mère qui vivait chez son fils, Edna mettait les bouchées doubles pour terminer le ménage. Son heure d'école allait débuter. Elle rejoignait la vieille dame dans sa chambre et celle-ci lui racontait des histoires qui la marqueraient pour la vie. Ne sachant pas le français, elle parlait dans cet anglais à l'accent rocailleux des gens d'Europe de l'Est. Edna ignorait l'existence de cette Europe-là mais elle se révélait une élève si intensément curieuse de la vie de cette juive polonaise qu'entre la servante et la vieille dame, l'attachement grandit rapidement. L'une était insatiable, l'autre intarissable. Cette sympathie se transforma peu à peu en une affection passionnée et bientôt Edna put s'adresser à Mme Cohen dans sa vraie langue dont elle avait compris qu'elle n'était ni l'anglais ni le polonais. « Un après-midi de novembre, je m'en souviens comme si c'était hier, la vieille Mme Cohen m'a demandé du thé et des biscuits et j'ai répondu en juif sans m'en rendre compte », aimait-elle à se rappeler. Pour Edna, tout ce qui touchait à la vieille dame relevait du miracle. Cette dernière s'était alors mise à pleurer et à rire en même temps mais Edna, elle, n'avait pas pleuré. « J'étais trop émue. » À partir de ce jour, elle sut qu'elle n'était plus tout à fait une Canadienne française. En perçant le secret de cette langue, elle avait réalisé que, dans le peu de choses apprises durant ses années d'école primaire, beaucoup se révélaient fausses. D'abord, Mme Cohen et elle priaient le même Dieu, un juif tout de même. Et Edna devint incrédule face à l'ubiquité de Dieu. Il n'était pas partout, comme elle l'avait appris. Il résidait plutôt chez les Cohen que dans sa propre famille. Mais comment l'avouer à sa mère si pieuse sans risquer que celle-ci la retire de son paradis non catholique ?

La vieille dame manifestait son affection à Edna en lui offrant de petits cadeaux : un foulard, des gants doublés en mouton, une brosse à cheveux avec un manche en ivoire qu'elle conserva précieusement jusqu'à la fin de sa vie. Et s'ajoutait au plaisir d'Edna le secret dont la vieille dame entourait ces dons. Jamais la petite fille n'avait vécu une relation aussi étroite et privilégiée avec un adulte. « Tu devrais retourner à l'école. Tu n'es pas faite pour être servante. Tu comprends plus vite que tout le monde. » Edna répondait : « Ma mère a besoin de mon salaire. »

Un vendredi après-midi, après qu'Edna eut dressé la table pour le repas du soir et rangé la maison afin que la famille ait un minimum de gestes à accomplir en respect du sabbat, la grand-mère lui annonça qu'elle souhaitait s'entretenir avec sa mère. Edna répondit que cette dernière était trop occupée car elle craignait un tête-à-tête entre les deux femmes. En fait, elle appréhendait une rencontre où sa mère découvrirait le sentiment qu'elle éprouvait pour la vieille juive et elle craignait que Mme Desrosiers ne révèle malgré elle ses préjugés à l'endroit de la religion juive. Mais Mme Cohen revint à la charge et, le lundi suivant, Edna se présenta à son travail en compagnie de sa mère, mi-inquiète, mi-courroucée. « Tu me caches quelque chose. T'as encore fait un mauvais coup. » « J'vous jure sur ma tête que j'ai rien fait de mal », répétait Edna. « Jure pas. T'en as pas de tête et tu insultes le bon Dieu. »

La vieille dame accueillit la mère avec beaucoup d'égards, ce qui rendit cette dernière plus mal à l'aise encore. « Je suppose que vous êtes pas satisfaite de ma fille. Traduis », ordonna-t-elle à Edna qui obéit. « Au contraire, répondit la juive. Edna est une jeune fille beaucoup plus intelligente que la moyenne. Plus intelligente que mes propres petits-enfants à vrai dire. Traduis, demanda-t-elle à son tour à Edna, dont la nervosité devenait palpable. J'ai bien réfléchi, et comme notre famille apprécie énormément votre fille, c'est presque un sacrifice qu'on s'imposerait. Madame Desrosiers, Edna doit reprendre ses études. C'est un gâchis qu'une fille si douée ne se rende pas plus loin. Et personnellement, je suis disposée à vous aider financièrement pour combler le manque à gagner. » Edna n'eut pas le temps de finir de traduire que sa mère l'interrompit, le visage empourpré de colère. « Madame Cohen, j'ai pas besoin de votre charité. Et c'est moi qui décide de ce que font mes enfants. Vous viendrez pas vous mêler de mes affaires de famille en mettant des idées de fou dans la tête de la plus écervelée de tous. Traduis tout ce que je viens de dire, autrement tu vas manger toute une volée. » Edna, tremblante de honte, traduisit les propos de sa mère en omettant cependant la dernière phrase la concernant. Sa mère grommela une vague formule de politesse et quitta la pièce suivie d'Edna qui n'avait pas osé jeter les yeux sur Mme Cohen. Elle lui en voulait d'avoir soulevé cet espoir en elle, d'avoir obligé sa mère à dire non et, surtout, de l'avoir placée au cœur de cette scène pénible dont elle était l'enjeu. L'instruction, c'était une affaire de riches, d'Anglais et de juifs. Personne autour d'elle n'était instruit. Son père adoré ne savait ni lire ni écrire, et ses frères et sœurs aînés comptaient jusqu'à cent et déchiffraient le journal en peinant.

Deux semaines plus tard, à l'insu de sa mère, elle quittait son emploi, profitant de l'absence de la vieille dame en visite chez sa sœur à New York. Elle ne supportait plus son regard dans lequel elle lisait, à tort, de la pitié. Elle refusait l'image que Mme Cohen lui renvoyait d'elle-même et qu'elle ne pouvait assumer. Elle irait rejoindre ses sœurs là où on ne la croirait pas trop intelligente pour ce job. Débrouillarde, elle mit deux jours à se dénicher du travail. Elle dormit dans la gare car il n'était pas question de se présenter devant sa mère en chômeuse. Elle enfouit sa rage au fond de son cœur, une rage qu'elle ne déterrera jamais. Pour ne pas rompre complètement avec le milieu où elle avait été presque heureuse, elle s'engagea dans une petite manufacture dirigée par des juifs. Elle améliorerait ainsi sa nouvelle langue. Ses patronnes furent impressionnées mais elle se garda de toute familiarité avec eux. Où avait-elle appris le yiddish ? « À l'école », fut sa réponse. « C'était vrai en un sens mais y m'ont jamais crue », se plaisait-elle à rappeler.

Sa vie avait failli basculer dans l'espoir, mais l'apitoiement lui faisait horreur et elle fit contre mauvaise fortune bon cœur. Elle accompagnait sa mère chaque fois que celle-ci se rendait dans les magasins à rayons de la rue Saint-Laurent, tous propriété de juifs. Elle laissait sa mère négocier farouchement comme à son habitude. Les vendeurs échangeaient des remarques entre eux en yiddish et il leur arrivait de tenir des propos désobligeants sur Mme Desrosiers. Edna disait alors : « Venez, la mère. Ils rient de vous, on n'achète pas ici. » Au moment de franchir la porte, Edna se mettait à les insulter copieusement dans leur langue. « T'es ma meilleure », disait sa mère. L'admiration qu'exprimait cette dernière et l'ébahissement des commerçants étaient sa récompense. Créer un esclandre et invectiver les injurieux lui procuraient un sentiment de vive satisfaction.

6

Chaque sœur avait une vision personnelle des motifs qui ramenèrent la famille des États-Unis au Canada. Edna prétendait que sa mère se sentait humiliée de ne pas comprendre l'anglais. Irma croyait que les États-Unis lui rappelaient constamment la mort de ses jeunes enfants. Gloria estimait que la décision s'expliquait par l'impuissance de ses parents à se sortir de la pauvreté à laquelle ils voulaient échapper en quittant le Canada. « Valait mieux être pauvres chez nous que dans un pays étranger, surtout un pays riche comme les États. » Gloria, à son habitude, résumait la situation pour rallier ses sœurs. Elles avaient détesté l'esprit mesquin des expatriés, vivant entre eux, autour de paroisses canadiennes françaises, en s'épiant, se jalousant, prompts à couper la tête de ceux qui voulaient s'en sortir. « Ça se mangeait la laine sur le dos et ça se dénonçait devant les boss américains morts de rire », disait Irma. « Et ça buvait comme des trous. Les hommes rentraient saouls tous les vendredis soir, sauf notre père », ajoutait Edna.

N'empêche, les sœurs avaient appris l'anglais, s'étaient battues comme des diablesses contre les morveux qui disaient qu'elles sentaient la pisse, ce qui était vrai puisque les frères plus jeunes couchés à leurs côtés mouillaient chaque nuit des draps lavés seulement une fois par semaine et elles avaient appris à travers leurs livres d'école qu'existait un autre monde où l'Église et le pape avaient de la concurrence.

Elles avaient découvert que les protestants dirigeaient les États-Unis, eux qui ne croyaient pas à l'Immaculée Conception et ne pensaient qu'à s'enrichir. Dans leurs expéditions hors des frontières paroissiales, les sœurs avaient frôlé sur les trottoirs de vrais millionnaires, des *big shots*, comme elles les appelaient. Et des femmes distinguées, semblables à celles qu'elles retrouvaient dans les films muets. Elles se savaient pauvres mais elles devinrent vite convaincues de leur ascendant. « Quand on rit du monde, on est au-dessus du monde », déclamait Gloria. Dans la ville de tous leurs malheurs, à l'ombre des usines de textile, quand la tribu Desrosiers s'emparait de la rue pour la transformer en terrain de jeux, les autres enfants déguerpissaient. Leur mère n'avait aucune compassion si l'un de ses propres enfants, frappé par un petit voisin, venait chercher réconfort et consolation. Œil pour œil, dent pour dent, disait-elle, en les renvoyant dehors où ils devaient retourner les poings serrés pour cogner l'ennemi du moment. Edna, la plus combative, ne reculait devant aucun adversaire plus fort ou plus grand qu'elle. Les enfants du voisinage évitaient cette spécialiste des morsures. Ce qui ne l'empêchait pas de recevoir des coups dans la figure. Mais elle s'enorgueillissait des yeux au beurre noir qu'elle affichait parfois.

Une partie de la famille maternelle s'installa en même temps que les Desrosiers à New Bedford, une ville voisine de la leur. Pauvres comme eux, les Lescarbot s'intégrèrent au point de prospérer. Il arrivait aux sœurs de glisser sur ce sujet délicat qui projetait une lumière crue sur leur échec, mais il aurait fallu blâmer leur père inhabile à garder un emploi. « Son diabète commençait », soutenait Irma. Ou alors accuser leur mère, incapable de parler anglais mais dont le français se trufferait d'anglicismes à son insu. « Elle a jamais aimé les États. Dans son for intérieur, elle avait décidé de rentrer au pays », disait Edna. Mme Desrosiers ne s'expliqua jamais là-dessus. En fait, elle interdisait à quiconque d'aborder cette page sombre de la vie familiale.

Le retour à Montréal, vers la fin des années vingt, humilia profondément leur père obligé de quêter de l'argent à un vieil oncle. La parenté le sut et des cousins en firent les gorges chaudes. « Revenir des États-Unis comme des tout-nus, ça prend des sacrés sans-desseins », dit à Edna une cousine éméchée, croisée dans un club de nuit. Elle n'eut pas le temps de compléter sa phrase qu'Edna lui avait estampillé ses cinq doigts au visage. On s'agita autour des deux femmes et Irma, qui accompagnait sa sœur, en rajouta en lui crachant à la figure et en lui tirant les cheveux. « Je suis restée avec une grosse touffe dans la main », aimait à raconter la Rougette. Cette scène, maintes fois rapportée au cours des années, devint emblématique de l'état d'esprit du trio. Quiconque attaquait la famille avait affaire aux trois sœurs. Gloria prétendait qu'en ce qui la concernait, elle se sentait capable de tuer si nécessaire. Les deux autres poussaient des cris de protestation mais sans doute la croyaient-elles un peu.

La famille trouva un logis composé de trois pièces, d'un cabinet de toilette, d'une cuisine où un lavabo tenait lieu de baignoire. Les parents couchaient dans une chambre avec les plus jeunes et les autres se répartissaient l'espace, couchés par terre sur des matelas de fortune. Le soir, c'était le *free for all*, selon Irma à qui il arrivait de s'apitoyer sur son sort sous l'effet du vin doux qu'elle buvait comme de l'eau. Mais ce *free for all*, même en ingurgitant un gallon de vin, il n'est pas certain qu'elle aurait su le définir. Quand une des sœurs avançait de la sorte au bord du précipice où tout le monde risquait d'être emporté, les autres reprenaient leurs esprits et, telles les gardiennes du temple, bloquaient l'entrée où étaient entreposés les secrets de famille.

Contre toute attente, la crise économique de 1929 procura aux Desrosiers une revanche sur la parenté dont les membres ne s'étaient pas gênés pour dénigrer leur retour. La mère décida que personne n'irait faire la queue pour recevoir les maigres dollars du gouvernement, ce dernier ayant mis sur pied un programme pour les démunis appelé « secours direct ». M. Desrosiers réussit quelques mois avant le krach à décrocher un emploi de facteur et deux garçons travaillaient au port pour un salaire minable mais avec des à-côtés, comme on les désignait pudiquement. En clair, les frères volaient sur les quais toutes les marchandises susceptibles de revente et la nourriture qu'ils rapportaient à la maison. Mme Desrosiers fermait les yeux et Gloria répétait que voler pour manger n'était pas péché. On s'alimentait selon les arrivages et le menu familial changea radicalement. Non sans hésitation au début, la famille mangea des conserves de crabe, de cœurs de palmier, de flageolets, produits inconnus à l'époque sauf chez les riches et les immigrants. Arthur, le plus malin, s'était déniché un travail aux abattoirs et rapportait régulièrement d'énormes morceaux de viande enveloppés dans du papier-journal et fourrés dans un sac de toile qu'il prenait soin, durant la journée, de dissimuler dans un réduit attenant aux toilettes. Edna refusait de manger « la viande qui avait frôlé la marde » mais toute la famille savait qu'elle se gavait de sucreries en cachette. « Tu nous écœurais. Eh, maudit qu'on t'haïssait pendant la Crise ! » rappelait parfois Gloria.

Jamais leur mère ne chercha à deviner comment les filles s'étaient, malgré la rareté, trouvé elles aussi du travail ; Irma comme serveuse dans un club de nuit et Gloria en tant que repasseuse dans une manufacture de robes où elle demeura jusqu'à sa retraite. Irma rapportait parfois des bouteilles de gin qu'elle cachait dans la maison et que Mme Desrosiers s'empressait de vider dans le lavabo lorsqu'elle les découvrait. Ça faisait hurler les frères, mais en vain. Pour sa part, Gloria avait réussi à mettre ses « bourgeois » dans sa poche, c'est ainsi qu'elle qualifiait les propriétaires de la petite manufacture qui lui offraient des restes de tissu qu'elle rapportait à sa mère. Cette dernière les transformait en vêtements pour elle et ses sœurs. « On marchait la tête haute pendant la Crise. Dans toute la rue, on était les seuls à pas être des quêteux », répétaient tour à tour les sœurs. Durant cette période de pauvreté désespérante, leur mère parvint même à faire la charité aux voisins en leur envoyant de la nourriture par un des enfants afin de ne pas les humilier. Ces années-là, la famille retrouva donc sa fierté jadis bafouée et les parents fermèrent les yeux sur les moyens pas très catholiques qu'utilisait leur progéniture pour s'élever socialement.

7

Au sortir de la crise économique, Mme Desrosiers avait réussi à mettre de côté suffisamment d'argent pour permettre au clan d'emménager dans un logement plus grand. Cet argent représentait le produit des économies rognées à même le montant hebdomadaire par lequel chacun contribuait au budget familial et que la mère cachait dans une anfractuosité du plancher de la cuisine de peur que le benjamin Roméo ne le vole. Ce dernier, un fort en gueule doublé d'un fourbe, se révélait le mouton noir de la famille. Les plus vieux le traitaient sans ménagement, lui faisant bien sentir l'inutilité de sa naissance. Pour compenser, il se transformait en orateur. Debout sur une chaise, il sermonnait la tribu à la manière du prêtre en chaire, dénonçant tour à tour les péchés de l'esprit et ceux de la chair. La mère le trouvait aussi irrésistible qu'insupportable et le protégeait des coups fourrés de ses frères et sœurs. À treize ans, il commit son premier méfait en fracassant la façade d'un magasin de bonbons d'où la propriétaire l'avait expulsé après l'avoir surpris en train de subtiliser une boîte de chocolats. Gloria et Irma, rentrant du travail, croisèrent les policiers qui sortaient du logis accompagnés de Roméo et de leur mère, sous le regard écornifleux des voisins installés sur leur balcon. Horrifiées, elles convainquirent sans effort la fratrie de la nécessité d'écarter celui qui entachait leur réputation. Roméo prit le chemin de l'école de réforme où il apprit pendant deux ans à devenir un vrai dur à cuire. Pour la première fois les enfants s'étaient ligués contre leur mère, réticente à l'idée de faire incarcérer son acteur en herbe, comme elle le décrivait parfois avec une affection dont les autres s'étaient toujours sentis privés. Sans doute, devant le talent oratoire de ce Roméo, avait-elle songé à en faire un prêtre. Une vraie famille canadienne française comportait toujours un prêtre ou un frère ou une religieuse en son sein. Hélas ! Roméo préférait les voies de Satan à celles du Seigneur, au grand dam des Desrosiers.

Le nouveau logement, délabré mais vaste, à dix minutes de l'ancien, marqua l'ascension sociale de la famille avec ses quatre chambres à coucher où il fut possible d'installer des lits. Le trio fut alors débarrassé de ses frères et de leur *free for all*. Cela n'empêcha pas Gloria de pester contre ses sœurs si promptes à lui emprunter sans son accord les dessous délicats et les bas de soie offerts par ses cavaliers. Edna n'avait ni la taille ni l'occasion de mettre des slips de soie rose et des porte-jarretelles mais elle les subtilisait pour épater ses amis du voisinage qu'elle faisait payer en Coca-Cola et en sundaes pour découvrir ces raretés. Mais si l'un d'eux avait le malheur de tenir des propos salaces sur celle à qui ils appartenaient, Edna lui sautait à la face. « Ta sœur est une guidoune », avait osé un voisin qu'Edna trouvait à son goût. Elle s'était tue d'abord devant l'insulte, estimant qu'une gifle se montrerait une caresse. Le lendemain, la rumeur se répandit dans la rue que le garçon dissimulait une infirmité secrète : il n'avait pas de queue, se soufflait-on d'une oreille à l'autre. Edna, la vengeresse, n'était pas à court d'imagination quand il s'agissait de sauver l'honneur de sa sœur dont elle-même pensait qu'elle était un peu putain.

Irma, par contre, faisait bon usage des sous-vêtements de Gloria. Les porte-jarretelles et la petite culotte en peau de soie couleur chair contribuèrent à séduire quelques clients des bars où elle déployait ses charmes. Elle se décrivait comme une « agace-pissette », sans plus, ce qui amena Edna à conclure plus tard qu'elle était la seule vierge sans hymen. « Tu te rappelles, disait Edna, le petit Lalancette qui était chauffeur de tramway et qui te faisait monter gratis ? » « Justement, répliquait Irma, c'est moi qui t'amenais avec moi. » « Oui, mais quand il finissait sa journée, tu m'envoyais manger un sundae, pis m'acheter des comics en me disant que je devais pas revenir avant une heure. » « T'inventes, rétorquait Irma. T'as l'esprit tellement mal tourné. » Edna insistait : « À l'âge où on est rendues, on devrait arrêter de se faire des accroires. Admets-le donc, que tu couchais avec les hommes dans ce temps-là. » « J'm'en vas si tu continues à répandre ton venin », disait Irma se levant tout en s'emparant de la bouteille de vin à moitié vide qu'elle avait apportée. « Assis-toi, on va changer de sujet, lançait Edna. Pis, remets ta bouteille sur la table, maudite cheap. »

Durant cette période d'après la Crise, Gloria se fit quelques amis juifs et anglais pour lui permettre d'échapper à cette trop nombreuse famille dont elle avait honte. Elle s'inventa au fil des ans une vie rêvée et mystérieuse. Elle fixait ses rendez-vous galants exclusivement dans des endroits publics et, en fin de soirée, se faisait raccompagner devant des maisons cossues qu'elle allait repérer les dimanches après-midi en se baladant dans le haut du quartier Mont-Royal où elle habitait. C'était l'époque où les notables, avocats, médecins, notaires et gérants de banque, s'installaient dans les quartiers populaires pour être au cœur de leur clientèle. Leurs logements étaient spacieux, confortables mais sans ostentation. Gloria changeait de cavalier souvent et avait choisi deux ou trois maisons à la façade de pierre et aux fenêtres rehaussées de vitraux qu'elle préférait à toutes les autres. Elle se prétendait maîtresse d'école, secrétaire, garde-malade selon le cavalier du moment. « Je m'ajustais », racontait-elle plus tard. Ça faisait rire Irma mais Edna blâmait son attitude. « Tu nous reniais, maudite fraîche. » « Ça coûtait rien, ça faisait de mal à personne et je me faisais respecter », répondait Gloria. « C'est pour ça que tu t'approchais pas de la sainte table le dimanche », rétorquait Edna. « T'as pas de leçon de morale à me donner. Toi, t'avais pas le choix, tu faisais fuir les hommes. »

« Parce que moi, je me laissais pas peloter », disait Edna, mi-rieuse ou mi-fâchée selon la quantité de liquide ingurgitée.

Dans l'histoire familiale, 1935 s'inscrivit comme une année de guigne. Le diabète du père empira au point que les médecins désespéraient de lui conserver ses jambes. Et le fils le plus discret de la famille, Ferdinand, âgé de dix-huit ans, fut tué dans le déraillement du train qui l'amenait au chantier du Rapide Blanc dans le nord de la province. C'était à la fin novembre, l'hiver s'était déjà installé, si bien que le corps ne fut rapatrié que le mois suivant. L'idée de ne pouvoir enterrer son garçon sur-le-champ ajouta au deuil du père dont l'état de santé se dégrada sévèrement. Il dut être hospitalisé. Le jour de Noël, toute la famille se retrouva dans le salon funéraire devant le cadavre exposé. Mme Desrosiers recevait les condoléances sans manifester d'émotion particulière, trop préoccupée de surveiller du coin de l'œil ses fils qui sortaient régulièrement à l'extérieur pour boire du gros gin à même la bouteille enveloppée dans un sac de papier brun. Pour leur part, les sœurs réagissaient diversement. Edna, effondrée, se révéla incapable de s'approcher du cercueil, habitée par une peur des morts qui ne la quitta jamais. Irma reçut les visiteurs en hôtesse mondaine. « Y fallait bien que quelqu'un se dévoue », disait-elle, et Gloria choqua tout le monde par son détachement. Le clan ne lui pardonna pas d'avoir quitté le salon funéraire les trois soirs de l'exposition du corps, afin de rejoindre un nouvel amoureux dont elle espérait qu'il serait un mari potentiel. «Aller se faire tripoter quand ton frère est exposé, faut avoir du front tout le tour de la tête», répétait parfois Edna quand elle était en froid avec sa sœur. Gloria n'avait jamais eu de rapports avec ce frère qu'elle considérait ennuyant, insignifiant même. Sans se réjouir de sa disparition, elle ne pouvait s'empêcher de penser que moins on était à la maison, mieux on vivait. Elle demanda à sa mère de déménager la chambre des filles dans celle des frères plus spacieuse et convainquit Irma mais Edna refusa de dormir dans la chambre d'un mort.

8

Irma inquiétait sa mère. Les soupirants se bousculaient
et son salaire avait presque doublé en deux ans. « Je fais
ben de l'argent avec les tips », disait-elle en guise d'explication. Chaque samedi matin, en se levant, elle déposait
sur ses genoux l'enveloppe contenant sa contribution au
budget familial. « Y en a qui mangent plus que moi et
qui paient des pinottes », se plaignait-elle régulièrement.
« Oui, mais toi, ma fille, t'as du cœur au ventre », répondait sa mère qui ne savait pas si bien dire.
   Irma classait les soupirants en fonction de la rapidité
avec laquelle ils mettaient la main à la poche. Elle voulait
des cadeaux et ne se privait pas pour le faire savoir. Ceux
qui se présentaient chez elle avaient été prévenus qu'une
boîte de chocolats aux cerises faisait le bonheur de sa
mère et que sa sœur Edna raffolait des toffies anglais.
Avec un flacon de Chanel Numéro 5, le garçon augmentait ses chances. Ceux qui ne répondaient pas à ses souhaits étaient vite évincés, ce qui ne signifiait nullement
qu'elle cédait à ceux qui s'exécutaient. Sa famille ne

cherchait pas à comprendre les liens qui l'unissaient aux hommes qui la courtisaient. On se contentait de croire que sa beauté glacée expliquait la générosité masculine. Irma en jouait dangereusement et seule Gloria soupçonnait ses manigances. Mais elle prenait soin de rassurer sa mère, préoccupée davantage par la moralité de sa fille que par le danger dans lequel la plaçait sa vie de barmaid la plus aguichante du Paradise Bar. Certaines nuits, Irma rentrait apeurée, les yeux rougis. Des soirs où les soupirants n'avaient pas pris le temps ni eu envie de soupirer. « Tu joues avec le feu », disait Gloria, sincèrement inquiète. Car Irma, après s'être fait combler de cadeaux, promettait des rendez-vous en sachant qu'elle ne les honorerait pas. Or certains hommes plus aguerris l'attendaient devant la porte arrière du bar par laquelle elle avait l'habitude de s'échapper.

Son coup de foudre pour le grand Jos eut pour effet de faire baisser son salaire et diminuer les cadeaux à la famille. La mère avait besoin du revenu de sa fille, appréciait les chocolats mais se garda bien de lui faire des reproches. Ce grand Jos, un veuf prospère, croyait-elle, avait l'air avenant et sa bonne humeur contagieuse arrivait à faire sourire son pauvre mari à la santé si précaire. Car Irma, trop éprise, avait menti sur l'état matrimonial de son Jos afin de pouvoir l'inviter à la maison. La semi-clandestinité, elle la vivait ainsi comme une semi-légitimité. Seule Gloria partageait son secret jusqu'à ce qu'Arthur découvre le pot aux roses et tente de la faire chanter. « Tu me donnes une piasse par semaine si tu veux que j'me ferme la gueule », avait-il dit à Irma. Elle l'aurait éborgné sur place mais dut se retenir. Même avec un seul œil, son frère poursuivrait son chantage. Elle lui demanda une journée de réflexion et le lendemain soir, au coin de la rue où ils s'étaient donné rendez-vous, elle lui assena le coup de massue : « Si tu t'ouvres la trappe, j'te jure sur la tête de notre père malade que je vas raconter à la mère comment t'essayais de nous prendre le cul en pleine nuit quand on dormait dans la même chambre. » Arthur la dévisagea, l'air mauvais. « Fais jamais ça. De toute façon, t'auras pas le guts de l'dire à la mère. » « Oh yeah ! » répondit-elle. Il comprit qu'elle oserait. « Maudite traînée », lui lança-t-il.

Le grand Jos, informé par Irma de leur secret éventé, décida d'espacer ses visites. Il louerait pour elle une chambre en ville. Irma menaça de le quitter. Elle n'était pas un deuxième violon et avait autre chose à faire que s'enfermer entre quatre murs. Elle aimait les clubs chic, les voyages, les bons restaurants. « Si t'es fou de moi, prouve-le. J'te sacrifie ma jeunesse, ça mérite d'être récompensé », dit-elle, s'étant rendu compte que son grand Jos, aussi ardent fût-il, s'accommodait de cette double vie. Une glamour girl comme elle valait mieux qu'une cachette dans le bas de la ville. Elle quitterait son job de barmaid qui le rendait fou de jalousie à condition qu'il la fasse voyager et qu'il paie sa pension familiale. Il consentit à tout. « Je me ruinerais pour toi », déclara-t-il comme le beau John Barrymore qu'elle allait voir à l'insu de sa mère pour qui le cinéma était un objet de péché.

C'est ainsi qu'elle se retrouva dans une fabrique de cierges et de lampions où elle travaillait épisodiquement, sans que la famille le sache, à l'exception d'Edna et de Gloria. Les périodes où elle voyageait avec son amant, ses parents la croyaient parcourant la province à vendre les précieux lampions. « Le patron a confiance en moi. Y m'a dit que j'suis bien appréciée par les curés et les communautés religieuses. J'en fais vendre des cierges. » C'était trop loufoque pour que sa mère ait des doutes.

Avec le grand Jos, elle sillonnait le Québec, l'Ontario et une partie des États-Unis en automobile ou en train. Dans les bras de son homme, Irma n'avait ni père, ni mère, ni religion. Elle se laissait posséder et l'ardeur de Jos la transportait elle-même. Elle vivait ! Et elle aimait tant quand il s'abandonnait après « la chose » et qu'il racontait sa vie de petit garçon passée sur la ferme paternelle dans les pays d'en haut. Il appuyait toujours sa tête sur son ventre en fixant le plafond, parlant sans la regarder, sans attendre de réponse. Dans ces moments-là, elle se croyait une autre. Et ça la grisait.

Entre les voyages, tout de même espacés, elle supportait de moins en moins sa vie de misère. La maison où l'on se marchait sur les pieds, la fabrique de lampions d'où elle sortait le soir, l'odeur de cire accrochée à ses vêtements, ce qui faisait dire à Arthur qu'avec une mèche dans le cul, elle serait le plus gros cierge du Canada, il ne se passait pas une journée sans qu'elle ne pense à son avenir avec Jos. Le divorce était impossible et, de toute façon, interdit par la loi et par l'Église. Seule la mort de l'autre, cette femme dont Jos ne parlait jamais ni en bien ni en mal, la délivrerait. Elle n'éprouvait pas de scrupules à la souhaiter morte mais il y avait les enfants et elle ne s'imaginait pas davantage en belle-mère qu'en mère. D'ailleurs, elle ne priait jamais la Sainte Vierge. L'Immaculée Conception lui semblait une farce. Elle ne croyait qu'en ce qu'elle comprenait. Par exemple, elle croyait Jos quand il lui disait qu'il l'aimait. Elle le crut aussi lorsqu'il voulut l'amener vivre avec lui aux États-Unis mais elle doutait de sa capacité à être heureuse sans la reconnaissance sociale et refusait la culpabilité inévitable qui serait la sienne s'il abandonnait ses enfants. Elle répétait : « J'ai de l'amour-propre » et lui répondait : « J'le sais, ma Rougette, que ton amour est propre. » Elle ne riait pas et il s'en inquiétait chaque fois.

Elle se voyait vieillir. Non pas en se regardant dans le miroir mais en constatant que la plupart des filles de son âge étaient mariées. « Si ça continue, tu vas fêter la Sainte-Catherine », disait sa mère qui ne saisissait pas pourquoi son veuf ne lui faisait pas la grande demande. Personne n'était encore marié dans la famille et la mère récitait un rosaire chaque soir pour que ses enfants se casent. N'y aurait-il que la mort pour leur faire quitter la maison ? se demandait-elle parfois. Irma lui expliqua un jour qu'elle hésitait à s'engager à cause d'une promesse faite à Gloria de se marier après elle. Sa mère en fut fâchée. Comment pouvait-elle concevoir le mariage comme un bulletin de classe avec des rangs ? « On se marie quand ça passe, pas quand ça nous tente ou quand on est prête. Quelle sorte d'idées de fou t'as dans la tête, ma pauvre enfant ! »

Si Mme Desrosiers avait connu la vérité, sa piété rigide et sa foi de charbonnier en auraient été ébranlées. Irma vivait donc de plus en plus mal cette passion. Elle quittait Jos régulièrement et le reprenait suite à ses supplications et ses cadeaux. Des cadeaux trop dispendieux pour les exposer à la vue des frères, en qui elle n'avait aucune confiance. Roméo, sorti de l'école de réforme un diplôme de bandit en poche, vivotait en soutirant à sa mère l'argent gagné par ses sœurs et ses frères. Quant à Arthur, devenu revendeur patenté, il chipait tout ce que les frères et sœurs laissaient traîner, entre autres une collection de flacons de Chanel Numéro 5 qu'il prétendit n'avoir jamais remarquée. Irma eut beau faire une scène, sa mère se porta à la défense de son fils tout en reprochant à sa fille de se parfumer sans modération. « Tu sens trop fort. Ça fait pas distingué », lui dit-elle alors qu'Irma, hystérique, pleurait ses bouteilles de parfum français et son sort de maîtresse.

Elle craignait par-dessus tout de rester célibataire, comme le lui avait prédit sa mère. Cette peur la ramena à l'église. Elle sentait le besoin de se confesser et se débrouilla pour dénicher un prêtre de la paroisse voisine dont toutes les femmes vantaient la compréhension et l'indulgence. En entrant dans le confessionnal, le cœur battant, elle sut qu'elle allait sacrifier son grand Jos. Elle

baissa le regard dès qu'elle entendit glisser la cloison.
« Bénissez-moi, mon père, parce que j'ai péché », la formule cent fois répétée n'avait jamais résonné de la sorte
à ses oreilles. Elle s'arrêta net. « Continuez, ma fille »,
murmura le prêtre. « J'suis pas capable », répondit-elle.
« Voulez-vous que je vous aide ? » suggéra le confesseur.
« Non, j'vas me ressaisir. » Puis elle reprit d'une voix
éteinte : « C'est dur à dire. » « Dieu est miséricordieux,
il peut tout entendre et tout pardonner », dit le prêtre.
« J'sors avec un homme marié. » Irma tendue attendit la
réaction. Rien. Le confesseur demeurait silencieux.
« J'veux casser ça mais j'ai d'la misère. Il m'aime et je
l'aime », ajouta-t-elle. « Vous connaissez la morale de
l'Église, je n'ai donc pas à vous l'apprendre. Mais je vais
vous poser une question parce que je sais que vous me
direz la vérité, la confession est un sacrement, mentir
serait sacrilège, n'est-ce pas ? » « Oui, mon père. » « Avez-
vous l'impression de vous respecter dans cette relation ? »
Irma hésita. « J'en peux plus des cachettes. » « L'amour
ne s'épanouit que dans la lumière, continua le prêtre.
Avez-vous le ferme propos de ne plus recommencer ? Ne
me répondez pas tout de suite. » « J'voudrais l'avoir »,
répondit Irma. « Dans ce cas, je vous donne l'absolution.
Vous allumerez un lampion devant la statue du bon saint
Joseph. Il vous protégera de la tentation comme un père
protège ses enfants. » Ce fut plus fort qu'elle. « Y
s'appelle Jos justement », précisa-t-elle. « Eh bien, s'il
vous aime, il se doit de vous protéger contre lui-même »,
conclut le prêtre avant de prononcer l'*Ego te absolvo*. En

sortant du confessionnal, Irma se rendit vers le transept gauche où la statue de saint Joseph dominait l'autel. Elle glissa les pièces de monnaie dans la boîte, prit la longue allumette et, en enflammant le premier lampion, elle reconnut la marque. Ces coïncidences, saint Joseph et Jos, ce lampion qu'elle avait peut-être fabriqué elle-même, ne relevaient pas du hasard. Sa vie devait changer. Elle se promit aussi de revenir se confesser à ce prêtre si elle en ressentait le besoin. Il ne l'avait pas sermonnée comme tant d'autres, ne l'avait pas jugée ni condamnée. Sans doute était-il trop bon, un peu naïf et d'une pureté de saint. À part son père, Irma ne connaissait que des hommes menteurs. À commencer par son grand Jos qui trompait tout de même sa femme. Qui lui assurait qu'un jour il ne succomberait pas aux charmes d'une autre et ne lui jouerait pas un tour dans le dos ? Pour Irma, la méfiance se révélait toujours la meilleure des protections.

9

Le grand Jos ne lâchait pas prise. Il voulait la garder. Irma lui faisait désormais des reproches à propos de tout et de rien dans l'espoir qu'à force de l'exaspérer il prendrait l'initiative de partir. Pourtant, elle ne se résignait pas à vivre la scène de la séparation finale qui se terminerait inévitablement par une réconciliation au lit. « J'ai trop d'expérience pour souffrir à petit feu », disait-elle à Gloria. « Pour souffrir tout court », ajoutait sa sœur. « Trouves-en un de libre. Y doit ben en rester. » « Justement, c'est des restes », répliquait Irma qui songeait à reprendre son job de barmaid. Si elle était malheureuse en amour, elle pouvait au moins avoir le plaisir de gagner de l'argent. Sans Jos dans sa vie, rien ne justifiait de travailler à temps partiel, payée pour un salaire de famine. Mais Gloria lui déconseillait de retourner au Paradise Bar. « C'est une place pour rencontrer des hommes, pas des messieurs. Si tu veux te marier, rôde plutôt dans les places chic ou sur les perrons d'église. » « Je suppose que tu te trouves comique », disait Irma. « J'suis sérieuse. Les hommes distingués qui ont rien à cacher se tiennent pas dans les clubs comme le Paradise. Ils vont au Ritz, au Mont-Royal, au Windsor et à la grand-messe le dimanche. » « Es-tu en train de me dire que les hommes qui se tiennent là ont pas derrière la tête les mêmes idées que les autres ? » « C'est pas ce que je dis, je pense simplement qu'avec tes cheveux rouges, tes yeux verts, pis ta shape, tu peux trouver mieux que tous ceux que t'as connus jusqu'à maintenant. » Il était rare que Gloria fasse des compliments et Irma sut que sa sœur était sincère.

Un soir, Gloria aperçut Irma qui l'attendait sur le trottoir devant sa manufacture. À sa mine, elle comprit qu'un drame était survenu. « Y est arrivé un malheur à la maison ? » demanda-t-elle. « Non, répondit Irma. C'est le grand Jos, qu'y a disparu. » De fait, il ne s'était pas présenté à leur rendez-vous l'avant-veille et n'avait donné aucun signe de vie depuis. Irma n'avait jamais su où Jos habitait, ne connaissait personne de ses amis ou de ses connaissances et son nom n'apparaissait pas dans l'annuaire de téléphone. Elle ignorait également son employeur et son lieu de travail, ne sachant de lui que ce qu'ils avaient partagé : les restaurants, les hôtels, les bars dans les villes où ils séjournaient.

La disparition du grand Jos devint dans la famille un événement historique. La mère l'expliqua en affirmant que l'homme était un sans-cœur. Edna le déclara mort aux États-Unis pendant un voyage, sans aucun papier sur lui, donc sans possibilité de l'identifier, Roméo y vit une occasion de jouer au détective et offrit à sa sœur de le retrouver contre dédommagement, les autres frères s'en fichaient et le père, trop malade, avait à peine la force de consoler Irma en répétant « Y va revenir ». Arthur, vengeur, se réjouit devant elle en jurant sur tous les saints qu'il avait aperçu le disparu au bras « d'un crisse de pétard, une fille de seize ans, coupée au couteau, des tétons comme des obus et un cul à faire baver le pape. Ma pauvre fille, tu y arrives pas à la cheville ». Irma le soupçonnait de mentir mais elle prêtait tout de même foi à ses dires. Et les détails sur le corps de la fille lui donnaient le tournis. « Maudit rat de menteur », lui cria-t-elle. « Crois-moi pas, ça me fait pas mal », ajouta-t-il, le regard haineux. Durant des semaines, elle ne put le croiser sans qu'il marmonne les dents serrées : « Un crisse de pétard. » Gloria, pour sa part, estimait qu'il s'était lassé ou que sa femme, ayant découvert des indices, l'avait mis en demeure de rompre. « Les hommes sont faibles », disait Irma en guise d'excuse. « Les hommes sont lâches », précisait Gloria.

Irma pleura, d'abord par peine puis sur elle-même. Le gin l'aidait à pleurer et à s'engourdir le cœur. Le gin lui fit même ouvrir les bras à un cavalier pas laid ni beau, mais qui l'emmena au Ritz. Or, le Ritz, ça se payait. Elle se laissa embrasser, tâter, mais elle mit le holà quand il voulut poursuivre. Il lui fallut plusieurs mois avant d'accepter les caresses plus entreprenantes d'un autre. Et elle refusait d'être possédée. « Qu'y prenne son plaisir mais qu'y me laisse tranquille », disait-elle. Irma ignorait le mot « orgasme » ; elle constatait seulement qu'elle ne se sentait plus, c'était son expression. Et dans les bras d'un autre, elle s'interdisait de s'imaginer dans ceux du grand Jos, ce qui lui aurait redonné ce tremblement dans le bas du corps. Penser à Jos en le faisant aurait été à ses yeux commettre un vrai péché mortel.

Elle avait quitté la fabrique de cierges et vendait désormais des robes dans un grand magasin. Pour obtenir l'emploi, elle avait prétendu détenir un diplôme d'une high school du Rhode Island. Sa beauté, son bilinguisme et son aplomb avaient amplement suffi à séduire le patron, un Syrien, qu'elle avait tout de suite toisé. Il voulait coucher avec elle mais la présence de sa femme lui compliquait la tâche, d'autant qu'Irma s'était liée d'amitié avec elle. Le statut de vendeuse la haussait socialement et elle manigança pour se faire habiller gratuitement. « C'est pas des robes de haute couture mais c'est pas cheap non plus », disait-elle avec fierté à ses sœurs. Fini les brûlures aux mains et l'odeur de cire jusque dans les poils du pubis. Parfumée au Chanel Numéro 5, habillée comme une dame, elle n'avait qu'un seul regret : la clientèle exclusivement féminine ne permettait pas d'y faire la rencontre d'un monsieur. Son patron cherchait à la coincer dans l'arrière-boutique mais rencontrait une résistance inattendue. « Y faut se donner le temps de se connaître », chuchotait-elle tout sourire, entre deux rangées de robes à pois.

Mme Khoury semblait fermer les yeux sur le comportement douteux de son mari et appréciait l'habileté

71

d'Irma à s'y soustraire. Elle s'intéressait à sa vie aussi, mais Irma, empêtrée dans ses mensonges, demeurait sur ses gardes. « J'aimerais bien rencontrer votre mère », dit-elle un jour alors qu'Irma lui annonçait l'accession de celle-ci à la présidence des Dames de Sainte-Anne de sa paroisse. Car Irma s'était inventé une famille idéale. Cinq enfants, un frère comptable, un autre policier et deux sœurs maîtresses d'école. Elle avait hissé son père au rang de chef des facteurs à la Poste. Un jour sans doute Mme Khoury la démasquerait mais, entre-temps, elle aimait son personnage et cette famille respectable.

Elle rencontra son destin un jeudi saint. La tradition commandait qu'en cette veille de la mort du Christ, les églises de la ville compétitionnent de beauté en préparant un reposoir débordant de fleurs devant l'autel où le prêtre déposerait, au cours de l'office, le saint-sacrement porté en procession. Les fidèles s'astreignaient, en cette journée fériée, à visiter sept églises d'affilée. On étrennait le chapeau de paille de Pâques, des souliers et un manteau de printemps. Certains prêtres dénonçaient cette parade de mode mais les sœurs s'en fichaient comme de l'an quarante. Les hommes étrennaient bien un chapeau mou et des chaussures lacées et les prédicateurs ne voyaient rien à redire dans leur cas.

Ce jeudi saint, Edna accompagnait Irma. Le reposoir de leur paroisse les déçut. « Y se sont pas forcés, dit Edna. Y a plus de glaïeuls et de pissenlits que de roses », ajouta Irma. Elles récitèrent le chapelet qu'Edna terminait toujours la première car elle sautait les « Gloire soit au Père ».

Elle fit donc signe à Irma de se dépêcher et les sœurs quittèrent l'église, accélérant le pas vers l'église Sainte-Cécile située à plusieurs rues de là et dont le reposoir, chaque année, soulevait l'enthousiasme des pèlerins. Elles croisaient ceux qui revenaient de cette paroisse et Edna demandait : « À Sainte-Cécile, ça vaut la peine ? » « De toute beauté », répondait-on. « Dans notre paroisse, ça fait honte », ajoutait-elle. « Arrête, on passe pour des trous de cul », dit Irma. « La paroisse, c'est pas nous autres. C'est une maudite gang de tarlas. Si y ont pas le moyen d'en acheter des fleurs, qu'y aillent en chercher au cimetière », affirma Edna. « Ferme-toi pis récite des "Je vous salue Marie", ordonna sa sœur. Même si on marche sur le trottoir, c'est comme si on était à l'église. C'est un pèlerinage qu'on fait. » « T'es devenue plus catholique que le pape, toi, depuis que le grand Jos a disparu. » Irma se rembrunit et Edna sut qu'elle l'avait blessée. « Excuse-moi, la Rougette. C'était pas par mauvaise intention. » Elle mit son bras sous celui de sa sœur, ultime marque d'affection entre elles.

Des centaines de vases de roses, de lys, de pivoines, d'œillets, tous blancs, remplissaient le transept droit de l'église Sainte-Cécile éclairé par des milliers de lampions. Les fidèles se regardaient l'air incrédule et admiratif. Irma tourna la tête et aperçut un homme jeune, à la figure poupine, qui souriait aux anges. Il saisit son regard et son sourire s'accentua. Agenouillé, il fit le signe de croix, sans cesser de la dévisager. Elle s'agenouilla. Elle avait l'habitude d'être regardée mais pas par ce genre d'homme. Celui-ci dégageait une naïveté, de la candeur aussi. Les deux sœurs récitèrent de nouveau un chapelet, Edna termina évidemment la première et pressa Irma d'en finir. « Y nous reste cinq églises. On va être obligées de couper dans les chapelets », dit-elle. « Ça fera autant d'indulgences en moins », répondit Irma. « C'est pas grave, ajouta Edna. Moi j'ai pas tant de choses que toi à me faire pardonner. » Irma lui donna un coup de coude dans les côtes tout en jetant un bref regard autour d'elle. Le jeune homme l'observait et souriait béatement.

Elles sortirent rapidement et emboîtèrent le pas aux passants nonchalants. Arrivées à l'intersection, Edna remarqua qu'elles étaient suivies. « Y a un gars à l'air innocent qui nous suit », dit-elle. « Y était dans l'église, précisa Irma. Tu trouves qu'y a l'air innocent ? » demanda-t-elle. « Un vrai frère des écoles chrétiennes, répondit Edna. Y manque que la soutane. »

Il les aborda sur le parvis de l'église suivante. « Excusez-moi, mesdemoiselles, je m'appelle Émilien Rochon. Est-ce que ce serait présomptueux de croire que je pourrais me joindre à vous ? » Edna faillit répondre mais Irma pinça fortement le bras de sa sœur. « Ça nous dérange pas. Au contraire. » « Est-ce que je peux connaître vos noms ? » dit Émilien. « Moi, c'est Irma. » « Moi, c'est Greta Garbo », dit Edna. « Ma jeune sœur se pense comique », dit Irma. « J'ai mal aux pieds, dit Edna. J'vas rentrer à la maison. » « Not' mère sera pas contente », lança Irma en lui faisant de grands yeux. « Si ma présence vous fait fuir, je retire ma suggestion », dit Émilien.

Edna, Irma et Gloria

Ils marchaient devant, Edna derrière grimaçait chaque fois que sa sœur lui jetait un œil en coin. « Quel âge avez-vous ? » dit Irma. « Dix-neuf ans, répondit le pèlerin. Je me permets alors de vous demander le vôtre », dit-il. « Le même que vous. » Edna poussa un petit cri. Irma se retourna net et la mitrailla des yeux. « Moi, j'ai quinze ans mais j'ai une autre sœur qui en a vingt-huit, dit Edna. C'est vieux, vous trouvez pas ? » « Relativement », répondit-il. « Ça veut dire quoi, relativement ? » demanda Edna. « Vous, vous vous moquez de moi, chère mademoiselle », dit Émilien. Irma commençait à s'énerver sérieusement. Edna se tut. Sa sœur tramait quelque chose.

10

Garçon émotif et délicat, Émilien rêvait, non pas d'un monde meilleur, mais d'une vie plus élégante que celle qui l'entourait. Benjamin d'une famille de neuf enfants, ses parents le prénommaient « bébé » sans que cela ne le dérange. Le terme était affectueux et Émilien recherchait l'affection. Né d'une mère de quarante-sept ans, il avait été accueilli comme un cadeau par la maisonnée alors que, dans les familles nombreuses de l'époque, le dernier-né recevait rarement une telle réception. Et contrairement à la famille Desrosiers, les Rochon nageaient dans l'amour. Ils affichaient entre eux un attachement que leur enviaient leurs connaissances.

Émilien se distinguait par ses préoccupations artistiques et littéraires. Il adorait lire, fréquentait les rares musées de la ville et se passionnait pour les peintres impressionnistes qu'un frère enseignant lui avait fait découvrir. Pieux, il fréquentait l'église, non seulement le dimanche mais certains jours de la semaine. Il s'émouvait de l'atmosphère sacrée du lieu et appréciait le silence chargé de mystère. Il se confessait très régulièrement même s'il péchait peu. L'été surtout, où il avouait quelques mauvaises pensées provoquées par la vue des belles filles aux bras dénudés, mais les occasions de pécher se présentaient rarement car il fuyait les lieux habituels de rencontre. Sa mère répétait toujours que son bébé cherchait la perle rare. Jusque-là, sa vie de garçon s'était résumée à quelques sorties avec des jeunes filles apparentées aux blondes et aux cavaliers de ses frères et sœurs. Émilien s'exprimait avec recherche pour la plus grande fierté de ses parents. Quand on lui demandait s'il avait une blonde, il usait de deux formules. Il disait « Cupidon n'a pas encore atteint mon cœur » ou alors « Valentin me boude ». Sa sincérité et sa naïveté le mettaient à l'abri des rieurs. C'était un garçon vibrant que ses émotions rendaient heureux. Ses lectures l'exposaient aux malheurs des autres mais lire le protégeait du malheur.

La beauté d'Irma l'avait renversé. Elle l'avait ébloui, au point de faire disparaître sa timidité et sa réserve naturelles, ce qui explique la facilité avec laquelle il avait abordé les deux sœurs. Jamais une fille aussi parfaitement belle ne s'était présentée à sa vue. C'est pourquoi il l'invita sur-le-champ à prendre un café. « Je vous inviterais bien à manger un sundae mais nous sommes encore dans le carême. » Irma hésita entre éclater de rire ou s'attendrir comme devant un chaton ou un chiot. « Ma sœur est invitée, je suppose ? » Indécis, il mit la main dans sa poche puis, sans gêne aucune, tout sourire, il répondit : « Oui, j'ai assez d'argent pour payer pour trois. » Edna dit : « Moi, je veux un hot dog. » « Faudrait pas exagérer », répondit Émilien, sans perdre son sourire. Ils continuèrent la visite des églises dont aucune ne les impressionna comme Sainte-Cécile. Puis ils s'attablèrent dans un delicatessen et Edna revint à la charge ; elle insistait pour manger un smoke-meat. « On mange pas juif le jeudi saint », déclara Irma. « Mademoiselle a des principes, dit Émilien. J'aime les gens qui ont des principes. » « Aimez-vous ma sœur ? » dit Edna. Irma faillit lui casser le tibia sous la banquette. « *Alea jacta est* », répondit-il. Les sœurs se regardèrent ahuries et, cette fois, Edna ne poussa pas plus loin son interrogatoire.

Les fréquentations entre Émilien et Irma durèrent plusieurs mois avant que celui-ci se décide à parler mariage. Il avait attendu quelques semaines avant de se permettre de l'embrasser autrement que sur les deux joues et quelques semaines encore avant de frôler sa poitrine en s'excusant immédiatement. Il la respectait, expliquait-il, et croyait à la virginité. « Je me suis gardé pur pour la femme de ma vie et j'attends la réciproque de sa part. » Irma répondait : « J'suis comme toi. » Il mettait son bras autour de son épaule et la serrait avec une sorte de tremblement nerveux. Il lui répétait sans arrêt qu'elle était la plus belle et la comparait à Anna Karénine dont elle ignorait le nom. Elle opinait de la tête, disait : « Tu trouves ? » Il réfléchissait et corrigeait : « Non, tu ressemblerais plutôt à Clélia Conti dans *La Chartreuse de Parme.* » Parfois elle s'ouvrait à Gloria : « Y me parle de monde que j'connais pas. Y a un beau langage, y est distingué et est pur comme un agneau. En plus, y a pas une cenne noire mais sa job de bureau peut l'amener loin. » « Tu veux vraiment passer ta vie avec un homme pareil ? » demandait Gloria. « Je veux un homme qui me croit, qui cherchera pas à connaître ma vie d'avant et qui couraillera pas. En fait, y est comme un enfant. J'haïs pas ça. » « L'aimes-tu ? » insistait Gloria. « Je l'haïs pas. Et pour le lit, je finirai ben par le mettre à ma main. » Gloria haussait les épaules. « Faut dire qu'avec la vie que t'as menée, tu peux te priver un an ou deux de sexe. » « La couchette sera peut-être pas forte mais je pourrai me vanter d'avoir un mari instruit, moi. » « Y parle comme dans les livres. Ça va être pratique pour toi qui en as jamais lu un. » « T'es jalouse, avoue-le donc », disait Irma en riant.

Émilien s'intéressait à la situation en Europe. Il écoutait la radio chaque soir et expliquait à Irma les enjeux du fascisme. Contrairement aux catholiques canadiens français, admirateurs de Mussolini, l'ami du clergé grâce au concordat qu'il avait signé avec le pape, Émilien détestait le Duce. Irma aurait préféré que son Émilien l'envahisse, elle, plutôt que de lui raconter en détail l'invasion italienne en Éthiopie, un pays dirigé par un empereur au nom drôle et bizarre. D'une certaine manière, elle avait la curieuse impression de payer pour la rémission de ses nombreux péchés. Cette abstinence, imposée par Émilien, qu'elle feignait d'accepter pour elle-même effaçait toute culpabilité qu'elle aurait pu éprouver envers lui. Car elle mentait sur son passé qui l'aurait horrifié, elle mentait sur son âge et elle mentait sur ses intentions futures. Quand il s'épanchait en lui faisant part de ses rêves, décrivant les grands voyages qu'ils effectueraient, Irma acquiesçait. Elle pensait à New York, Atlantic City, Old Orchard, lui songeait à la France, où ses chers impressionnistes avaient peint leurs chefs-d'œuvre. « C'est une bonne idée, mon pitou », disait-elle. Elle s'arrangerait bien pour le faire changer de destination le moment venu. N'avait-elle pas réussi à fixer la date de leur mariage malgré les réticences des parents d'Émilien qui considéraient leur « bébé » encore trop envoûté par sa Rougette pour faire un choix lucide ?

Elle n'aimait pas beaucoup ces Rochon dont elle sentait, malgré la guimauve dont ils enrobaient leurs propos, qu'ils se méfiaient d'elle. Leur gentillesse, la promptitude avec laquelle ils l'avaient adoptée lui paraissaient trop évidentes pour être totalement sincères. Irma, à l'instar de sa famille, éprouvait de la suspicion à l'égard du « bon monde ». Et les Rochon incarnaient cette race de gens qui voient la vie en rose, ne mettent en valeur que les côtés positifs d'une personne et chantent les louanges de quiconque les fréquente. « C'est une famille de bonasses », disait-elle à Gloria de sa future belle-famille. « S'ils l'étaient pas, y refuseraient de te recevoir chez eux », répliquait sa sœur. « T'es pas mal vache de me dire ça. » « Admets, poursuivait Gloria, qu'ils te prennent pour une fille de vingt ans, vierge, pure, docile et membre d'une société de tempérance. » « J'sais pas pourquoi j'te parle encore. J'suis une maudite épaisse de te raconter mes affaires », concluait la fiancée.

Lorsqu'elle allait chez les Rochon, Irma avait pris l'habitude de se taire. Quand une de ses futures belles-sœurs disait : « Avez-vous pensé à votre robe de mariée ? », Irma répondait : « Je suis ouverte à vos suggestions. » Quand la mère d'Émilien énonçait un souhait, par exemple : « Ce serait beau un gâteau de mariage à un étage plutôt qu'à trois », Irma se tournait vers Émilien : « C'est une bonne idée que ta mère vient d'avoir. » Il acquiesçait, lui souriait et regardait sa mère, l'air de dire : « Vous voyez quelle chance j'ai d'être tombé sur une femme si accommodante. »

Lorsque Mme Rochon s'enquit de son trousseau, Irma prit un air atterré. « Figurez-vous qu'on est passés au feu y a deux ans et que mon coffre rempli de draps et de serviettes a complètement brûlé. Ceux de mes sœurs aussi. » « C'est bien dommage. Heureusement que vous n'étiez pas superstitieuses », commenta la mère d'Émilien. Et d'ajouter : « Dans ce cas-là, on va se mettre ensemble toute la famille et on va vous monter un beau trousseau avec vos initiales IR et ER » Irma la remercia et, cette fois, elle était sincère. Rares étaient les moments de sa vie où elle avait été traitée avec générosité et sans contrepartie.

Elle craignait la présentation officielle des deux familles mais pouvait compter sur sa mère pour empêcher ses frères de gâter son plaisir. La rencontre eut lieu chez les

Rochon et, durant deux heures, les futurs apparentés firent bon ménage. Les frères Desrosiers s'étaient réchauffés au gin De Kuyper avant d'arriver mais personne ne commit d'impair. Roméo éblouit les Rochon par un discours édifiant sur les liens sacrés du mariage. « Prenez exemple, chers futurs époux, dit-il avec des trémolos dans la voix, sur ces deux couples de bons et admirables chrétiens que sont nos parents respectifs. Aimez-vous comme ils s'aiment, protégez-vous comme ils se protègent, priez comme ils prient, consolez-vous comme ils se consolent et procréez comme ils l'ont fait. » Une pluie d'applaudissements retentit et les parents Desrosiers affichaient un orgueil inédit. Irma était à moitié soulagée. Restait à traverser la journée du mariage pendant laquelle elle craignait la saoulerie de ses frères et les commentaires au vitriol que ses sœurs pourraient formuler devant la belle-famille attendrie par la perte de leur affectionné « bébé ».

Le mariage eut lieu le 25 novembre, comme un pied-de-nez à sainte Catherine, patronne des vieilles filles. Irma refusa de porter une robe blanche. Elle la choisit plutôt café car, au fond d'elle-même, elle s'interdisait ce symbole de la pureté qu'elle avait depuis longtemps perdue. Elle mentait aux humains mais refusait d'être fourbe face à Dieu.

Les Rochon, en larmes, embrassèrent les mariés qu'ils avaient accompagnés sur le quai de la gare. La journée glaciale mais ensoleillée s'était déroulée sans incident et sans gaieté particulière. Les frères d'Irma avaient quitté la table sitôt le café bu, la mère avait embrassé sa fille en disant : « Chus ben contente pour toi. C'est une bonne affaire de faite. » Son père s'était mis à pleurer quand il avait serré la main de son gendre. Gloria lui avait chuchoté à l'oreille : « Aie pas l'air trop entreprenante, c'te nuit » et Edna lui avait manifesté sa joie d'hériter de son lit et de se retrouver seule avec Gloria dans leur chambre.

Les nouveaux mariés arrivèrent à Québec vers neuf heures du soir. Dans le train, Émilien avait lu le journal et lui avait communiqué son inquiétude face à la dégradation des relations entre l'Allemagne d'Hitler et l'Angleterre. Irma disait : « Ça été une belle journée, mon pitou » et Émilien répondait : « Le plus grand jour de ma vie avec ma première communion. » En entrant à l'hôtel, elle éprouva un petit velours de contentement lorsque à la réception son mari dit : « Vous avez une réservation pour M. et Mme Émilien Rochon. » Enfin c'était vrai. Elle était devenue, malgré son passé, une femme mariée respectable.

Une fois dans la chambre, Émilien la prit dans ses bras. Il l'entraîna vers un fauteuil et la fit s'asseoir. « Si ça ne te dérange pas, j'appellerai ma mère pour l'informer qu'on est bien arrivés. Et je vais l'embrasser pour nous deux. » Irma comprit que la tâche se montrerait plus rude qu'elle ne l'avait imaginé. Elle se mordit la langue jusqu'à ce que la douleur soit intolérable. « C'est une bonne idée, mon pitou », dit-elle faiblement.

11

Les rumeurs de guerre en Europe inquiétaient les frères Desrosiers qui redoutaient d'être mobilisés. Seul Maurice attendait avec excitation le moment où il partirait se battre contre les Allemands. Il les détestait depuis qu'il avait eu la mâchoire brisée par un marin aryen au cours d'une bataille rangée dans une taverne. Il répétait toujours que cette race-là était vicieuse et que leur Hitler voulait écraser les Anglais et les Français. Au port, où il travaillait comme débardeur, il voyait défiler toutes les races et assurait que les Allemands étaient les plus baveux. Edna partageait son point de vue car elle avait appris que « l'écœurant Hitler », comme elle désignait le Führer, haïssait les juifs. Ça ne l'empêchait pas de penser que Maurice aurait plutôt haï les Grecs si c'était l'un d'eux qui lui avait cassé la gueule.

La vie sentimentale d'Edna s'était résumée jusque-là à quelques rencontres sans suite. Farouche et crâneuse, elle déstabilisait ses cavaliers en se moquant d'eux. Quand un garçon plus entreprenant la forçait à l'embrasser tout en lui pelotant un sein, elle hurlait et le repoussait à coups de pied et de poing. Un soir, l'un d'eux réussit à la maîtriser physiquement. Évaluant sa force, elle feignit le calme. Il la plaqua alors au sol, s'étendit sur elle, cherchant à la pénétrer. Elle haletait, il crut qu'elle consentait et relâcha son emprise. C'est alors qu'elle lui assena un coup de genou qui lui arracha un cri de bête. Edna se dégagea, prit ses jambes à son cou et courut au milieu de la rue, hoquetant de dégoût, de peur et de rage. Arrivée à la porte de la maison familiale, elle reprit son souffle, récita trois « Je vous salue Marie », fit son signe de croix et entra en lançant à la cantonade « Bonsoir tout le monde ». « Té de bonne humeur, dit sa mère. Qu'est-ce que t'as fait ? » « J'suis allée à la lutte avec un garçon », répondit-elle. « J'espère que tu te fais respecter, ma fille. » « Dormez sur vos deux oreilles, la mère. J'sais les choisir. » « Té ben délurée, j'le sais », ajouta cette dernière, pourtant avare de compliments. Edna s'enferma dans sa chambre, seule puisque Gloria passait la nuit du samedi soir à jouer aux cartes. Elle s'étendit sur son lit et fut prise subitement de spasmes nerveux. Elle cherchait son souffle mais n'y arrivait pas si bien que, paniquée, elle bondit de son lit, ouvrit la porte et surgit dans la cuisine où elle s'effondra. Elle entrouvrit les yeux quand elle vit sa mère au-dessus d'elle, en train de la gifler. « T'étais sans connaissance, ma pauvre fille. Ça doit être une crise d'asthme comme ton père. » Elle l'aida à s'asseoir dans la chaise berçante réservée à son usage exclusif. « Berce-toi, ça va te calmer. J'vais te préparer du lait chaud avec du miel. Ça soigne toutes les maladies », lui dit-elle en lui effleurant les cheveux. Edna but la potion maternelle et retrouva sa respiration normale en même temps que sa rage contre « l'enfant de chienne de cochon » qui l'avait attaquée. Elle avait présumé de ses forces, les moqueries ne suffisaient donc pas. Pour ce genre d'hommes, il fallait cogner et au bon endroit.

Elle arrivait sur ses dix-neuf ans et avait refusé toutes les *blind dates* que Gloria tentait d'organiser pour elle. « J'ai besoin de personne pour me choisir un mari, sinon j'vas rentrer chez les sœurs », répétait-elle. « Elles voudront pas de toi. Té trop écervelée », assurait Gloria. « Marie-toi toi-même », lui disait Edna qui soupçonnait la vie dissolue de son aînée, sans s'en scandaliser outre mesure. « J'suis exigeante. J'veux pas de quêteux, pis pas de vantards », disait Gloria. « Té trop égoïste, c'est ça la vraie raison. T'espères te faire servir. Té comme un homme, ma grande foi du bon Dieu », répliquait la plus jeune.

Après cette soirée, Edna déclina toutes les invitations. Elle évitait même le soir de croiser sur le trottoir un garçon seul. Par prudence, elle préférait traverser la rue. Ses sorties se résumaient à une séance de cinéma suivie d'un arrêt au restaurant où elle s'empiffrait de crème glacée. Un dimanche après-midi, en entrant dans l'*ice cream parlor*, elle aperçut une bande de garçons attablés devant des banana split. Elle choisit la banquette la plus éloignée du groupe et s'y installa. « Comme d'habitude ? » lui demanda en yiddish le patron. Ils échangèrent quelques banalités mais elle s'aperçut que le groupe les regardait avec ébahissement. Elle les ignora. Pendant qu'elle mangeait, un des garçons, sorte d'échalote déglinguée, ne cessait de la reluquer, au point de lui gâcher une partie de son plaisir. Quand elle levait les yeux entre chaque bouchée elle apercevait son regard fixé sur elle. Elle se payait un sundae une seule fois par semaine et voilà qu'un hurluberlu l'observait. « Tu travailles pour la police ? » lui lança-t-elle d'une voix menaçante. Décontenancé, il marmonna des mots inintelligibles, détourna le regard et ses compagnons firent des gorges chaudes en lui tapant dans le dos. Edna avala la dernière cuillerée, ramassa la facture et se dirigea vers la caisse. Le garçon se leva brusquement et se précipita à ses côtés. Il mit la main dans sa poche et dit : « J'peux au moins vous l'offrir ? » « J'vous connais pas, pis j'ai l'habitude de payer mes affaires », répondit-elle. Le patron souffla à Edna en yiddish : « Il a l'air gentil. Vous devriez accepter. » « C'est quoi votre nom ? Faut que j'sache à qui j'parle », lui dit-elle. « Ubald Trépanier, répondit-il. J'peux vous reconduire chez vous ? » « Non, j'veux pas que vous sachiez où je reste. Vous êtes peut-être un malotru, qu'est-ce que j'en sais ? » Il souriait maintenant. « Comment je fais pour vous revoir ? » demanda-t-il. « Revenez dimanche prochain. Peut-être que vous me trouverez mais c'est pas sûr. » « C'est quelle langue que vous parliez avec le boss ? » « Du juif », répondit-elle avec fierté.

Edna oublia Ubald et, le dimanche suivant, elle

accompagna Gloria chez Irma. Celle-ci réclamait leur aide pour faire le tri de ses cadeaux de mariage dont elle comptait retourner plus de la moitié dans les magasins où on les avait achetés. Elle trouvait la plupart des cadeaux des Rochon laids ou encombrants. « Ils ont le don de dénicher des ramasse-poussière. De toute façon les bibelots, c'est pas mon fort. » Émilien ne se doutait de rien mais elle avait pris soin de l'expédier en visite chez ses parents avant l'arrivée de ses sœurs. Ces derniè-res, connaissant sa paresse, devinaient bien qu'elle les utilisait pour mettre l'appartement en état. « Tu nous prends pour des servantes, dit Edna, mais on va t'aider pareil. » Gloria lui fit remarquer que, pour une jeune mariée, elle manifestait beaucoup de mauvaise humeur. « Qu'est-ce que ça va être dans dix ans ? » dit Gloria. Irma demeura silencieuse et les sœurs comprirent que la lune de miel avait été décevante. Elles ne s'aventurèrent pas plus loin ; elles savaient les limites à ne pas franchir. Elles avaient aussi, à leur façon, un sens des convenances et la patience d'attendre le bon moment pour le dévoi-lement des secrets.

Edna retourna au restaurant quelque temps après. En entrant, elle aperçut le garçon dont elle avait oublié le nom. Il se leva sur-le-champ et l'invita à s'asseoir avec lui. « Ça fait un mois qu'il t'attend tous les dimanches de deux heures à cinq heures », dit le patron à Edna en yiddish. « Y parle de quoi ? » demanda Ubald Trépanier sur un ton irrité. « C'est pas de vos affaires », répliqua Edna qui s'assit tout de même à sa table. « Un sundae pour mademoiselle », lança le garçon. « Au caramel, avec beaucoup de noix, ajouta Edna. C'est monsieur qui paie. » « Vous avez tout un caractère, vous ! » dit Ubald, enchanté de retrouver cette fille haute comme trois pommes mais à l'énergie contagieuse. Sur la défensive, Edna ne lui révéla rien d'elle mais soutira à Ubald tous les renseignements qu'elle souhaitait. Il avait vingt-deux ans, travaillait comme mécanicien dans un garage et vivait seul dans une chambre meublée à quelques rues de chez elle. Ses parents habitaient à cent milles de Montréal dans les Laurentides, où son père, un original apparemment, était taxidermiste. « Autrement dit, commenta Edna, vot'père est un embaumeur d'animaux ? » « En plein ça », répondit Ubald fasciné par le sens de la repartie de cette fille.

Edna se laissa fréquenter, même si elle le trouvait passablement tranquille et taciturne. Mais elle appréciait qu'il ne lui saute pas dessus, qu'il manifeste de l'intérêt pour ses récits interminables, ait du cœur à l'ouvrage et aime qu'elle le fasse rire. Elle allait chez lui en cachette de sa mère qui aurait été scandalisée de savoir sa fille seule avec un homme dans une chambre, mais Ubald la respectait. Il l'embrassait quand elle consentait et la caressait avec prudence afin de ne pas l'effaroucher. Elle le prénomma « mon loup » et assura à Gloria que ce loup-là la mangerait uniquement le jour où elle le déciderait. Le bruit des canons venu des vieux pays donnait à penser que la guerre était imminente et, de fait, l'armée allait mobiliser les hommes jeunes. Ubald serait sur la première liste d'appelés, les mécaniciens se montrant de précieux soldats. Edna s'attachait à lui sans lui avouer son amour de peur que, la sachant conquise, il regarde ailleurs. Elle avait tiré la leçon de ses sœurs. « Les femmes naïves se font toujours avoir parce que les hommes, c'est plus fort qu'eux, ont le couraillage dans le sang », disait Gloria. « Dans leurs culottes », précisait Irma après deux verres de gin.

Edna interrogea Ubald sur ses intentions car il demeurait coi sur leur avenir commun. « J'me dis que j'ai pas le droit de te demander de m'attendre si je pars à la guerre. Pis, je veux pas faire une veuve de toi. J'ai une seule chance de rester ici, c'est de me marier tout de suite. C'est ce que je souhaite le plus, que tu deviennes ma femme mais j'aurais l'air d'un maudit lâche si j'te demandais de devenir ma femme. Tout le monde penserait que c'est pour me sauver de l'armée. Et y a autre chose. Hitler est un dictateur, un fou furieux. J'suis prêt à me battre contre lui. »

Edna éclata en sanglots. Jamais Ubald n'avait parlé aussi longtemps. Tout ce qu'il avait dit la touchait. À ses côtés, elle ne serait plus seule. Sa décision était prise : elle quitterait sa famille, en particulier ses frères, qui la traitaient sans respect. Elle prendrait aussi ses distances avec Gloria dont elle s'apercevait de la mauvaise influence sur elle. Sa sœur répétait à longueur d'année que les hommes étaient des maudits salauds ou des lâches. Les exceptions existaient, Ubald en était la preuve incarnée. Ce dernier la regardait pleurer, impuissant, et attendait qu'elle reprenne ses esprits. Il restait muet comme si son propre monologue l'avait épuisé. Edna se ressaisit, lui prit la tête entre ses mains et déclara : « Madame Ubald Trépanier, ça sonne pas trop mal mais j'aime mieux Edna Trépanier. » Il accusa le coup, se mit à trembler, ravala sa salive et les larmes lui vinrent aux yeux. « J'ai jamais braillé de toute ma vie », murmura-t-il dans un sanglot. « Y a un commencement à tout, dit Edna. Tu peux me prendre, j'sus prête. » Et elle ferma les yeux.

Un mois plus tard, elle annonça la nouvelle à sa mère. « Te maries-tu obligée ? » demanda celle-ci. Edna en fut blessée mais n'en fit rien paraître. « J'ai une tête sur les épaules, pis une morale que vous m'avez transmise. » Sa mère parut satisfaite. « Ma fille, je pourrai pas payer ta noce. Ton père me coûte trop cher de pilules, pis de docteur. » « J'vous demande rien, juste que vous soyez contente pour moi », dit Edna. « Pour être ben franche, je le trouve pas trop en vie ton Ubald. Y parle jamais devant nous autres. » « J'parle pour deux, ça s'équilibre », dit Edna.

Le père d'Ubald se montra enthousiaste face au choix de son fils. Sa mère, une femme effacée, insignifiante, pensa Edna, acquiesçait à la moindre parole de son mari. La sœur d'Ubald ressemblait à sa mère. Son futur beau-frère, un personnage extravagant, parcourait le monde en tant qu'officier dans la marine marchande. « Comment ça se fait que vous soyez seulement trois enfants ? »

demanda Edna à Ubald. « Mon père va pas à la messe. Les commandements de l'Église y s'en fiche. » Edna lui fit jurer de ne jamais avouer à sa propre mère que M. Trépanier était un mécréant. Mais cela ajouta à la fascination qu'il exerçait sur Edna et expliquait en même temps la méfiance d'Ubald face aux prêtres. « C'est peut-être tous des communistes dans cette famille-là », lança Gloria quand Edna lui décrivit les Trépanier. « C'est mieux que les hypocrites vicieux qu'on connaît », répliqua Edna pour mettre fin à l'échange.

12

Le mariage eut lieu en février 1939 sous une tempête de neige. M. Trépanier se tenait aux côtés de son fils dans l'église, exprimant de la sorte son affection pour Edna, cette intelligence ambulante, comme il l'appelait. Après la messe où Ubald avait accepté par amour de communier, les deux familles se réunirent chez les Desrosiers. La mère, aidée de ses filles, avait préparé les sandwichs la veille. Pour sa part, Ubald avait offert un gâteau aux fruits à cinq étages surmonté de mariés en sucre et payé à prix fou pour répondre au désir d'Edna dont ce fut le seul caprice. Cette dernière portait un petit tailleur beige sous son vieux manteau d'hiver et Gloria lui avait prêté un chapeau bordé de fourrure qui lui allait comme un gant, assura-t-elle, bien qu'Edna eût protesté qu'il la déguisait. Celle-ci regrettait la robe blanche mais Gloria l'avait convaincue. « En hiver, une robe de mariée ça sert à balayer la neige sur les trottoirs et ça se voit pas. » En fait, Edna ne possédait aucune économie et, jusqu'au matin de ses noces, versait son salaire entier à sa mère, qui lui remettait l'argent de poche grâce auquel elle se payait le cinéma et les sundaes. Mme Desrosiers ne souhaitait pas d'alcool dans sa maison mais le frère d'Ubald, Louis-Philippe, se présenta avec des caisses de bière et de bouteilles de gin. Les frères d'Edna jubilaient mais par prudence lui suggérèrent de laisser son précieux nectar sous le perron, si bien que, la réception durant, il y eut un va-et-vient continuel des hommes à l'extérieur.

« Y sortent bien souvent ces jeunes-là », fit remarquer sa belle-mère à Edna. « Y fait trop chaud dans la maison », répondit-elle en apercevant au loin Ubald, les joues rougies, trop en verve pour être à jeun. Le ton montait, les rires fusaient, Roméo pratiquait l'hypnotisme sur Germaine, la sœur d'Ubald, qui s'apprêtait à léviter et M. Trépanier avait entrepris de convaincre les frères Desrosiers de la malveillance du clergé qui écrasait les Canadiens français et les transformaient en un peuple de moutons. Mais M. Desrosiers jeta une douche froide sur les invités au moment où les mariés s'apprêtaient à couper le gâteau. « J'suis ben heureux de marier ma fille, dit-il d'une voix étouffée. D'autant plus qu'avec ma maladie, c'est peut-être mon dernier mariage. » Mme Desrosiers fut trop surprise pour réagir. Jamais son mari n'exprimait d'émotions en public. Même lors de ses hospitalisations, il n'avait fait allusion à la mort. Elle conclut qu'il se sentait partir. Elle s'enfuit aux toilettes, s'aspergea la figure d'eau froide, ajusta les tresses qui lui encadraient la tête et ressortit sous le regard interrogateur de ses filles.

« La noce est finie. Ton père a besoin de se reposer », annonça-t-elle en s'adressant à Edna.

Sur le trottoir, les bouteilles de gin et les caisses de bière au bout des bras, les hommes, à peine dégrisés par le froid, cherchaient où trouver refuge. Louis-Philippe, grand seigneur, invita tout le monde à le retrouver dans sa chambre d'hôtel. « J'ai une suite, dit-il, il y a de la place pour vingt personnes. » Ubald regarda sa femme. Elle comprit qu'il souhaitait poursuivre la fête. « On y va, mon loup », dit-elle. Ils montèrent dans la voiture que le frère prodigue avait louée et s'arrêtèrent en chemin pour renouveler leur stock de bouteilles. Edna se retrouva seule au milieu de ses frères, beau-frère et mari, goûtant pour la première fois au mélange de gin et de Seven up. À trois heures du matin, toute la troupe titubait, Edna, elle, sommeillait sur le canapé. La discussion virulente au départ était devenue vaseuse. Louis-Philippe proposa à ses beaux-frères de quitter la chambre. Ils trouveraient bien un bouge quelconque pour poursuivre leur virée. Il entraîna le groupe à l'extérieur, après avoir lancé à Ubald une poignée de billets de banque qui virevoltèrent dans la pièce. « C'est mon cadeau de noces », lâcha-t-il dans un rire empâté.

Quand Edna se réveilla, sa montre indiquait onze heures. Ubald était étendu à ses côtés tout habillé. Elle n'avait que son slip et son soutien-gorge. Il avait dû lui enlever son tailleur et ses bas de soie mais elle ne s'en souvenait pas. Autour du lit, les dollars jonchaient le sol et les bouteilles vides et les verres lui rappelèrent que son mariage avait été bien arrosé. Elle n'éprouvait ni tristesse ni gaieté.

Dans les mois qui suivirent, l'état du père se dégrada. Non seulement le diabète s'aggravait mais les crises d'asthme se succédaient. Edna lui rendait visite après son travail à la manufacture de vêtements. Un soir, elle crut qu'il allait mourir devant elle tellement il étouffait. Le lendemain, elle se rendit à l'oratoire Saint-Joseph pour y déposer sa bague de fiançailles, le seul vrai bijou qu'elle ait jamais possédé. Saint Joseph comprendrait son sacrifice et intercéderait auprès de son Fils en faveur de la guérison de son père. Edna, la semi-incrédule, conservait au fond d'elle cette foi dans les miracles. Sa piété, peu orthodoxe, reposait sur la certitude que ses supplications toucheraient Dieu davantage par l'intercession de saint Joseph, un charpentier, modeste comme M. Desrosiers. S'adresser directement à Dieu, cet être abstrait et imposant, lui paraissait présomptueux. De plus, offrir sa bague sans l'assurance d'être entendue compterait davantage aux yeux de saint Joseph que des prières, des aumônes ou des lampions. Trois semaines plus tard, son père mourut. Edna n'assista pas aux funérailles. La veille, elle apprit qu'elle était enceinte, et le matin des obsèques une forte crise d'asthme l'obligea à être hospitalisée dans le même hôpital où le père était mort trois jours plus tôt.

Elle refusait de nommer sa maladie, elle préférait dire qu'elle manquait d'air. Lorsqu'elle fit une fausse couche quelques semaines plus tard, elle déclara à son entourage que le bébé s'était décroché. Pour atténuer la déception d'Ubald, elle lui expliqua que l'enfant n'avait pas eu la finesse d'esprit de se coller à elle. Elle l'imaginait comme un être autonome qui avait choisi de ne pas naître. « Y a été trop bête. C'est de sa faute », lança-t-elle un soir où le gin-Seven up éclairait sa pensée. Ubald, qui aurait été incapable de situer les ovaires de sa femme et ignorait et le nom et le rôle de l'utérus, se satisfaisait de ses explications. Le bébé avait lâché prise par manque d'air, puisque Edna cherchait son souffle. Il garda pour lui ce complément d'explication de peur que sa femme ne se sente coupable. À l'instar de son père, faisant fi des préceptes de l'Église, il s'arrangerait pour contrôler la famille, comme on le disait à l'époque. Il se débrouilla pour trouver des condoms en faisant appel à ses beaux-frères débardeurs pour qui rien n'était impossible contre de l'argent sonnant. Edna ne s'y opposait pas. L'idée qu'un autre enfant lui fasse le même coup lui enlevait toute envie de procréer.

Les premiers à s'engager dans l'armée furent Roméo et Maurice. Ils n'attendirent pas d'être appelés sous les drapeaux et, surtout, divergeaient d'opinions avec la majorité des Canadiens français qui refusaient d'aller se battre pour les Anglais, les conquérants de 1760. Ces deux-là revenaient régulièrement à la maison les vête-ments froissés et des ecchymoses à la figure après s'être bagarrés dans les tavernes pour avoir défendu leur point de vue. Roméo, le tribun, montait sur les tables débordant de bière et haranguait les buveurs qui, disait-il, s'écrasaient devant Hitler et Mussolini. « Vous êtes un peuple de mous, de pleutres et d'ignares », criait-il sous un torrent d'invectives. Certains lui lançaient des verres de bière qui frôlaient dangereusement sa tête. Roméo, tout fourbe et malhonnête qu'il fût, croyait au combat contre le fascisme. Il se moquait des nationalistes canadiens français parmi lesquels on trouvait les prêtres et les riches qui les jugeaient, lui, sa famille et tous les gagne-petit. La cause lui faisait oublier sa paresse, son mépris des faibles et son hypocrisie. Il se sentait du bon bord, c'est-à-dire contre tous, et cela le grisait et alimentait sa rage. L'armée accueillit à bras ouverts ce jeune tribun enthousiaste et ferma les yeux sur son passé de petit délinquant.

Arthur, lui, refusait l'armée, non par nationalisme car il s'en moquait, la moquerie servant d'écran à son absence totale de moralité, mais par couardise. Comme il le disait parfois : « Hitler pis Mussolini, y m'ont jamais rien fait à moi. » Il n'irait pas mourir comme un cave de « l'autre bord », c'est ainsi qu'il désignait l'Europe, et pour cela il prit les grands moyens afin d'être réformé. Il s'amputa d'un orteil sous les conseils de ses amis de beuverie. Il avait pensé à l'auriculaire de sa main gauche mais craignait que seul l'index de la droite, essentiel pour tirer sur la détente, puisse l'exempter. Il préféra enfin le petit orteil du pied gauche afin de conserver au pied droit sa force de frappe en cas de bagarre. Il but treize onces de gin et, muni d'un sécateur, sectionna la partie recouverte par l'ongle. La douleur lui fit perdre conscience quelques instants mais, en ouvrant les yeux, il eut la satisfaction de découvrir le moignon ensanglanté grâce auquel il échapperait aux champs de bataille où ses oncles étaient morts pendant la Première Guerre mondiale. Lorsque la guerre éclata quelques mois plus tard, il se présenta aux autorités militaires en boitant. Il traversa ainsi la guerre dans les cuisines des cantines d'une base militaire située en Ontario. Éplucher des patates et s'empiffrer furent sa contribution à l'effort de guerre.

Albert, celui qui disparut lors du débarquement de Dieppe, partageait l'opinion de la majorité des Canadiens français dans leur refus de servir de chair à canon à l'Angleterre, l'ennemi historique. C'était un garçon droit, respectueux de ses parents, qui maintenait un fossé infranchissable entre lui et quiconque s'intéressait à ses affaires. Même l'alcool ne le démasquait pas. Dans la famille, on le dénommait « Albert le secret ». Il ne fréquentait aucun de ses frères et restait muet sur ses amis et les femmes. Quand il se présentait éméché à la maison, il prenait soin de se munir d'une boîte de chocolats ou d'une livre de peppermints dont raffolait sa mère. Contrairement à ses frères, il sacrait peu, bien qu'il fût prompt à se mettre en colère. Il ne supportait pas les blagues sur son compte. En général, on évitait de l'aborder, préférant lui laisser l'initiative de la conversation. Albert en imposait. Il avait rapidement quitté le port où s'activaient ses frères et travaillait aux usines Angus où

l'on construisait des wagons de chemin de fer. Il payait
à sa mère une pension plus élevée que celle qu'elle exigeait et insistait pour que cette dernière garde la différence afin de se « gâter », ce dont il la savait, par ailleurs,
incapable. Albert ne cherchait aucunement à se soustraire
aux ordres mais vécut la conscription obligatoire comme
une trahison. Il refusa que sa famille l'accompagne à la
gare au moment du départ mais Edna, pour laquelle il
avait manifesté depuis toujours une affection bourrue,
s'y rendit à son insu. Elle l'aperçut au loin, courut vers
lui mais s'arrêta net en découvrant qu'une femme brune,
nettement plus âgée qu'Albert, s'accrochait à son cou.
Elle pensa : « Ça pourrait être sa mère » et en fut choquée.

Maurice partit quelques semaines plus tard et
Mme Desrosiers demeura seule avec Gloria. Elles réor-
ganisèrent la maison mais la fille ne réussit pas à convaincre la mère de s'installer dans la chambre des fils. « Y
sont pas morts », lui dit-elle d'un ton sans réplique. Gloria n'insista pas. La guerre lui apportait tout de même
un confort inespéré et elle dut chasser de son esprit l'idée
que ce drame mondial était pour elle une bénédiction.

13

Edna fut soulagée d'apprendre qu'Ubald échappait à la conscription, Irma, de son côté, se réjouit qu'Émilien s'enrôle dans l'armée. Il ne quittait pas le Canada, car sa maîtrise de la langue parlée et écrite lui permit d'être affecté au service de la propagande situé à Ottawa. Irma vantait son mari que l'instruction avait sauvé des champs de bataille. Quand il venait en permission, elle refusait qu'il porte des vêtements civils car elle aimait s'afficher avec lui revêtu de l'uniforme. Elle disait qu'il faisait monsieur et paraissait plus âgé qu'elle. Émilien se pliait volontiers à ce caprice et il considérait que la guerre représentait l'activité la plus accomplie pour un homme. Edna manifestait de l'agacement devant les propos de son beau-frère quand elle sentait poindre une critique à l'endroit d'Ubald. « C'est pas un soldat, ton mari, dit-elle à Irma le jour où elle n'en finissait plus de faire l'éloge d'Émilien, c'est un commis de bureau déguisé en soldat. » « À ta place, j'me tairais », lui lança sa sœur. « Tu nous as jamais expliqué pourquoi l'armée a pas voulu de ton Ubald. » « C'est pas de tes maudites affaires », répliqua Edna touchée à vif car son mari ne lui avait jamais transmis les raisons de son rejet par les autorités militaires. Durant les premières années de son mariage, Irma vivait très mal la quasi-impotence de son homme, c'était du moins de cette façon qu'elle qualifiait son peu d'ardeur au lit. Or elle constatait depuis son enrôlement que, lors des permissions, il manifestait plus d'intérêt pour « l'acte », prenant même l'initiative de la caresser, gauchement certes mais c'était un début. En quelque sorte, l'armée le virilisait. Sa sœur n'allait pas lui gâter les occasions d'être orgueilleuse de son pitou.

Quand la France perdit la guerre, Émilien expliqua aux Desrosiers qu'il s'agissait d'une tragédie, contrairement à ce que l'on pouvait entendre du haut de la chaire dans les sermons des prêtres qui considéraient le maréchal Pétain avec sympathie. Mais toute cette agitation paraissait lointaine et, jusqu'à ce que les troupes canadiennes se battent sur le terrain, la guerre demeura une période prospère où le travail ne manquait pas. Irma avait rejoint Edna dans une fabrique de toile de parachute où les salaires étaient supérieurs à la manufacture de vêtements mais Gloria ne se résolut pas à quitter ses « bourgeois » juifs et leur atelier de robes. « La guerre finie, on n'en aura plus besoin de parachutes », dit-elle à Irma qui tentait de la convaincre que l'argent n'avait pas de sentiment et que ses patrons trouveraient bien à la remplacer. « S'ils t'estiment comme tu les apprécies, qu'y augmentent ton salaire. » Gloria ne voulait pas avouer que son patron entretenait avec elle une relation épisodique mais néanmoins fougueuse. Elle culpabilisait bien un peu face à la femme de ce dernier toujours présente à l'atelier mais il la gâtait tant. Il lui achetait tous ces chapeaux et ces souliers dispendieux pour lesquels elle avait une passion. Une passion plus forte que celle qu'il lui inspirait. Un juif et une catholique n'avaient de toute manière pas d'avenir ensemble. Gloria était dotée d'un sens aigu des limites à donner aux choses et aux sentiments. Sa seule crainte était de rater les occasions qui se présentaient. Ainsi se définissaient les contours de sa morale.

Elle n'aurait jamais admis qu'elle avait raté un mariage, comme le prétendaient ses sœurs. Car Gloria avait été fiancée à vingt et un ans avec Rosaire, un officier de la police municipale très épris d'elle. Amoureuse elle aussi, elle donnait à penser devant les autres qu'il lui était indifférent. Lorsqu'il parlait, elle haussait les épaules, faisait des gorges chaudes de ses opinions ou le contredisait à propos de tout et de rien. Seule avec lui, son comportement changeait radicalement. Elle pouvait même devenir affectueuse. Il l'appelait alors sa ronronneuse. Parfois, il la mettait en garde. Il n'aimait vraiment que la femme privée, pas celle dont elle jouait le rôle en public. Or, c'était plus fort qu'elle ; Gloria se montrait incapable d'exprimer un sentiment véritable devant des tiers. Rosaire l'abandonna trois mois avant la date de leur mariage pour une vague amie à elle, joueuse de cartes qui crut tirer le roi de cœur. Gloria s'interdit de laisser paraître de la tristesse ou du désappointement et elle déblatéra tout son saoul contre lui. Un lâche, un visage à deux faces, un gratte-la-cenne, un voleur, pas un quolibet ne lui fut épargné. À un point tel que sa propre mère la mit en garde : « Sois prudente, ma fille. Cet homme-là est dans la police. Pis, avec tous les défauts que tu lui mets sur le dos, le monde va se demander pourquoi tu te mariais avec lui. » Gloria se calma publiquement mais ne s'en remit pas.

Edna constatait, pour sa part, que vivre avec un homme tranquille finissait par devenir ennuyant. Ubald rentrait le soir, s'installait à table, mangeait en cinq minutes, répondait par oui ou par non à ses questions et terminait son souper par un rot décroissant, signe que la digestion allait bon train. Puis il écoutait les nouvelles à la radio, déclarait : « Toujours des maudites menteries » et sortait pour sa promenade quotidienne, qu'il vente, qu'il pleuve ou qu'il neige. C'était bon pour la santé, selon lui. Parfois Edna l'accompagnait mais, la plupart du temps, elle profitait de son absence pour laver la vaisselle et préparer leurs sandwichs pour les lunchs du lendemain midi. Quand il revenait, il s'approchait d'elle et lui tapait la fesse gauche, sans prononcer un mot. Elle mettait fin instantanément à l'activité du moment et le suivait dans leur chambre. Ubald lui faisait l'amour jusqu'à ce qu'elle jouisse, alors il déchargeait, c'était son expression, et ils restaient étendus de longues minutes sans bouger. Edna se relevait, faisait un arrêt à la salle de bain puis se dirigeait vers la cuisine. Elle lui rapportait deux biscuits au marshmallow, alternant entre vanille, cerise ou érable et un verre de lait. Il mangeait proprement pour éviter de répandre des miettes dans le lit et, pendant ce temps, elle grillait une cigarette. Il ne fumait pas, n'appréciait pas que sa femme fume mais, disait-elle, « chacun sa récompense ». Parfois elle avait un pincement au cœur car elle savait que Maurice et Albert en arrachaient dans les vieux pays et que le monde mourait mais sa vie, à l'abri des drames, n'enlevait rien à personne. Malgré tout, lui surgissaient quelquefois des serrements dans la poitrine et une sensation d'étouffement. De temps à autre des éclairs obstruaient son champ de vision. Jamais, au grand jamais, elle n'aurait parlé de ces symptômes à quiconque. Surtout pas à Ubald car elle avait remarqué que l'apparition des malaises survenait lorsqu'elle se retrouvait seule avec lui.

Chaque jour, elle croisait Irma au travail. Mais elle évitait de s'afficher avec elle, de peur d'être associée à la plus détestée des travailleuses. En effet, Irma ne se gênait pas pour flirter ouvertement avec tous les hommes susceptibles de lui être utiles. Elle minaudait avec les petits boss et jouait la démunie avec les opérateurs de machine si bien qu'elle avait toujours un homme à ses côtés pour répondre à ses souhaits. Edna entendait les « maudite vache », les « agace-pissette », les « licheuses de boss » qui fusaient de partout mais elle se retenait de riposter, trop fâchée par le comportement de la Rougette. « C'est ta sœur, la lèche-cul ? » demanda un jour une nouvelle ouvrière. « T'as quelque chose à y dire ? » répliqua Edna. « Si tu veux pas qu'une machine y tombe sur le pied, tu devrais la prévenir », dit la fille. « Arrête d'exciter tous les hommes », dit Edna à sa sœur le soir même, inquiète de la réaction violente dans l'atelier. « Tout le monde a toujours été jaloux de moi. C'est pas de ma faute si j'ai les cheveux rouges et les yeux verts. Pis j'en profite pour t'annoncer une bonne nouvelle que tu vas garder pour toi. J'ai obtenu de l'avancement. Y vont me nommer contremaîtresse la semaine prochaine. Tu vas voir que les baveuses vont s'écraser devant moi. Pis par la force des choses devant toi puisque t'es ma sœur. » Edna comprit qu'elle subirait l'ostracisme de ses compagnes de travail mais elle n'allait pas quitter un emploi si bien rémunéré. Quand on appartenait à la même famille, on faisait face à la musique. « Si t'arrivais à être la moitié moins fine avec les filles que tu l'es avec les hommes, t'aurais pas de problème avec elles », dit Edna. Irma haussa les épaules. « J'perdrai jamais mon temps à mettre les femmes de mon bord. J'sais trop bien qu'elles peuvent nous jouer dans l'dos à la première occasion. » « On sait ben, laissa tomber Edna, les hommes ont toujours été clairs comme de l'eau de roche avec toi. »

Louis-Philippe revint au pays, les mers étant devenues trop risquées pour y gagner sa vie. Il demanda à Ubald de l'héberger le temps de se dénicher un logement car il s'était rapidement trouvé un travail d'électrotechnicien à la compagnie de téléphone. Edna hésita, l'idée que son beau-frère passe ses nuits sur son sofa neuf dans le salon lui souriait peu mais Ubald semblait y tenir. Elle ignorait que son mari se mourait de conduire une Hudson décapotable, l'automobile flambant neuve que Louis-Philippe s'était empressé d'acquérir. Il rapportait de ses années d'officier de navigation dans la marine marchande des goûts de luxe, des idées sulfureuses et des économies substantielles. Curieusement, il ne souhaitait pas se retrouver seul entre quatre murs, ce qui expliquait sans doute la demande à son jeune frère. Car Louis-Philippe approchait de la quarantaine, sans attaches connues.

Il débarqua un vendredi soir avec trois costumes, deux paires de chaussures, un paletot et de l'alcool à saouler le quartier. Edna protesta. Son garde-manger et ses armoires ne pouvaient stocker autant de bouteilles mais Louis-Philippe lança un clin d'œil à son frère. « Ça se vide des bouteilles, ma p'tite belle-sœur. » Le soir même, après une balade dans la ville où l'aîné avait confié le volant à son cadet, le trio s'installa dans la cuisine, Edna prépara des sandwichs et la fête commença. Elle ne devait jamais se terminer, à vrai dire.

Mme Desrosiers recevait rarement de nouvelles de ses fils à l'exception d'Arthur, lequel ne courait aucun autre risque que s'assécher les mains en lavant la vaisselle. Chaque fois que l'on sonnait à la porte, un léger pincement lui serrait le cœur. Elle redoutait les hommes en uniforme et le facteur porteur d'une lettre recommandée. Le jour où ce dernier lui présenta une enveloppe à en-tête du ministère de la Défense, elle s'appuya contre le cadre de la porte, prit la missive et la déposa sur la table. Elle attendrait l'arrivée de Gloria pour l'ouvrir. Celle-ci s'empressa de décacheter l'enveloppe, lut consciencieusement et regarda sa mère, l'air enragé. Cette dernière comprit qu'il n'y avait pas mort d'homme. « Roméo, vot' beau Roméo, a perdu son grade et s'est fait sacrer en prison. Y expliquent pas quel maudit coup de cochon y a encore fait. » « Peut-être qu'y a pas fait grand-chose de mal », répondit la mère malgré la honte qu'elle ressentait déjà. « C'est ça, portez-vous encore à sa défense. Y vous a pas assez humiliée dans le passé. » « J't'ordonne de te taire. C'est à ta mère que tu parles, ma fille. » « En tout cas, ajouta Gloria changeant de ton, on n'ira pas se vanter que Roméo a réussi à se faire emprisonner dans l'armée. Quand on pense qu'y a réussi à éviter d'être expédié de l'aut'bord, comme Maurice et Albert. » « T'es en train de perdre la tête, ma pov'enfant. T'aurais voulu qu'y en ait un de plus dans la famille qui risque de perdre sa vie. » « Lui plus que les deux autres, c'est sûr et certain », lança Gloria. « T'es épouvantable. Qu'est-ce que j'ai fait au bon Dieu pour mettre au monde une malicieuse de ton espèce ? » Gloria se dirigea vers la porte en criant : « Vous me méritez pas. » La mère sentit le sol se dérober sous ses pieds. Elle s'effondra dans sa chaise berçante. Elle n'avait même plus la force de prier.

14

Quand le trio des sœurs se réunissait avec leur mère, la conversation inévitablement portait sur les autres, les étrangers, comme on les désignait, autour desquels l'unanimité se faisait. Car les filles évitaient de s'affronter devant Mme Desrosiers et ne buvaient jamais devant elle. Personne ne trouvait grâce à leurs yeux, ni les voisins, ni les amis, ni la famille éloignée. Parfois elles jouaient aux cartes, pour le plus grand plaisir de Gloria, mais Irma et avant tout leur mère trichaient tellement que la partie se terminait toujours de façon abrupte. Edna et Gloria s'enrageaient et leur fureur provoquait des rires aux larmes chez Mme Desrosiers. Edna lançait les cartes sur la table et disait : « Faut que j'aille faire manger mon loup. » « Avant qu'y te mange », soufflait Irma mais d'une voix assez forte pour que la mère entende et se mette à crier : « Va te laver la langue, ma fille. J'veux pas entendre de cochonneries pareilles dans ma maison ! » Les filles riaient à leur tour. « Vous êtes trop scrupuleuse, la mère », disait Edna, la seule à oser lui faire des reproches. « J'le suis pour ceux qui le sont pas assez », répliquait Mme Desrosiers qui était à vrai dire moins pieuse que rigide. Elle croyait aux commandements de Dieu mais surtout à ceux de l'Église. Élevée à la dure, elle avait appris très tôt à se faire craindre. Dans sa maison, elle ne tolérait aucun dévergondage, aucun écart de langage, aucune opinion jugée peu orthodoxe en vertu du *Petit Catéchisme*, seul ouvrage qu'elle ait lu. Son gros défaut consistait à rire des autres. S'il ne s'agissait pas d'un péché au sens strict du terme, cela s'apparentait à manquer de charité envers son prochain et, à ce titre, il lui arrivait de s'en confesser. Elle s'accusait aussi de se mettre en colère bien qu'elle sût que le ferme propos de ne plus recommencer, obligatoire pour obtenir l'absolution, lui était quasi impossible. Elle constatait que cette colère, un des sept péchés capitaux, déterminait son caractère. De façon confuse, elle comprenait qu'elle se protégeait ainsi des blessures de sa rude et injuste vie. Chacune de ses filles incarnait une partie d'elle-même. Gloria la dureté, Irma la débrouillardise et Edna la vaillance et l'aplomb. Par contre, elle retrouvait peu d'elle dans ses fils, lesquels ne ressemblaient d'ailleurs pas à son mari. Elle les avait à l'œil au sein du logis et leur vie à l'extérieur la préoccupait mais elle préférait chasser de son esprit tous les mauvais coups dont ils se rendaient coupables. Sa peur de voir surgir la police à sa porte témoignait de ses tracas secrets. C'étaient ses fils, elle les avait mis au monde, elle ne les renierait jamais. Mais c'est tout ce qu'ils pouvaient exiger d'elle.

Avec la guerre, elle connaissait une vie plus reposante, plus confortable, une sorte de vacance de son rôle de mère-servante. Seule avec Gloria, les tâches ménagères réduites au minimum, elle consacrait ses après-midi à broder, à tricoter, à résoudre des casse-tête et à participer à des réunions de Dames de Sainte-Anne pour laquelle elle avait une dévotion singulière. « Entre mères, on se comprend », disait-elle lorsqu'un des enfants s'enquérait de la santé de la mère de la Vierge Marie pour la taquiner.

Elle écoutait les nouvelles de la guerre chaque soir à la radio, aussi religieusement qu'elle récitait le chapelet. Elle imaginait Albert et Maurice sans pouvoir les situer géographiquement et sans connaître leurs affectations respectives. Maurice lui avait écrit qu'il aimait tirer du fusil et qu'il s'était emparé du poignard d'un Allemand. Comment ? Il ne l'expliquait pas. Dans sa dernière lettre datée de trois mois, il lui avait décrit Londres où il avait séjourné. « Une grande ville. Les édifices sont noirs de suie et des quartiers entiers ont été bombardés. Remerciez le bon Dieu d'être à Montréal », avait-il écrit en terminant par un « Je pense à vous tous », phrase qu'il n'avait jamais prononcée avant de partir à l'armée.

Avant de quitter le pays, Albert l'avait prévenue qu'elle ne devait pas se ronger les sangs pour lui parce qu'il aurait grand-peine à écrire : « J'ai pas de talent pour pousser le crayon », lui avait-il dit. De fait, et personne ne sut l'expliquer, c'est à Edna qu'il donna de ses nouvelles dans deux lettres identiques. « Tout va bien. Je ne

111

peux pas dire où je suis. Dis le bonjour à tous, à notre mère d'abord. Ton frère au front. Albert. » Mme Desrosiers en conclut que son fils lui cachait quelque chose, Gloria déclara que, dans l'énervement de la guerre, il avait oublié son adresse et Irma pensa qu'il préférait Edna à sa propre mère. Ça n'était pas normal mais explicable puisque sa sœur n'avait que dix mois de différence avec lui. Irma, toujours, se rassurait ou s'inquiétait des autres en fonction de l'âge. Roméo était redevenu simple soldat. Quand il venait en permission, il passait ses soirées chez Edna et Ubald à boire l'alcool fourni par Louis-Philippe. Ce dernier habitait désormais un logement spacieux, décoré de meubles modernes et qui lui servait de refuge avec les femmes, nombreuses et tapageuses, qui traversaient sa vie mais il passait le plus clair de son temps chez sa belle-sœur et son frère. Tous deux dissertaient des bienfaits du socialisme et de l'influence néfaste de la religion. Edna éprouvait quelques réticences à se placer dans le camp des mécréants. « Les curés vous font marcher au pas, lui disait Louis-Philippe. Ils vous maintiennent dans l'ignorance et ce sont les Anglais qui mènent le pays. » « Décide-toi. Qui c'est qui mène, les curés ou les Anglais ? » répliquait Edna après trois verres. « Les curés vous jettent tout crus dans la gueule des Anglais qui vous avalent d'une bouchée. » « Pis, toi té pas de not'gang ? » demandait-elle. « Non, moi ça fait longtemps que j'ai compris que la province de Culbec, c'est une place d'ignares. » « Retourne donc en Russie et en

Afrique, si c'est mieux qu'icitte », concluait Edna en avalant une gorgée de gin. Et Louis-Philippe s'esclaffait.

Le samedi après-midi, il arrivait qu'Irma se joignît au groupe bien que Louis-Philippe lui apparût redoutable. Elle était réfractaire à sa prétention, à sa générosité trop voyante et, avant tout, au peu d'intérêt qu'il marquait pour sa personne. Elle avait la conviction que celui-là, même en déployant tous ses charmes, elle serait incapable de le séduire. De plus, ses idées lui faisaient peur. « Je trouve que ton beau-frère parle comme un vrai communiste, dit-elle à Edna. C'est sûr qu'avec le père qu'il a, ça peut pas être autrement. À ton mariage, le vieux a pas arrêté de cracher sur les prêtres devant nos frères. Comme ils ont pas tous la tête sur les épaules, ça a dû les ébranler. Heureusement que not'mère a pas entendu ça. » « Si y est si épouvantable, je comprends pas pourquoi t'acceptes de boire sa boisson », rétorquait Edna. « C'est toi que j'viens voir », répliquait Irma qui trouvait suspect que le mécréant soit toujours fourré chez sa sœur. « Y aime not'compagnie, disait cette dernière. Tu peux pas savoir ce que c'est, toi, tu reçois jamais un chat. » « J'vis comme une veuve de guerre, disait Irma. J'aurais l'air d'une dévergondée si je remplissais ma maison d'étrangers pendant que mon mari est au front. » « Au front ! Émilien est ben au chaud, le ventre plein, à lire ses romans », lançait Edna. « Et ton mari à toi, rétorquait Irma, l'armée en a pas voulu. Pis y est pas assez instruit pour travailler dans un bureau comme mon Émilien. »

113

Edna, Irma et Gloria

Edna détestait que sa sœur lui remette à la figure le rejet d'Ubald par l'armée et qu'elle s'acharne à le traiter d'ignorant alors qu'elle ne lisait ni journaux ni magazines. Elle croyait profondément que cette guerre se justifiait, qu'il fallait abattre Hitler le démoniaque. Elle avait même souhaité devenir bénévole auprès des soldats blessés, rapatriés au Canada. Mais Ubald s'était mis en rogne en l'apprenant et lui avait interdit ces quelques heures d'activité hebdomadaires. Lorsqu'il buvait, Ubald devenait jaloux. Même Louis-Philippe ne pouvait la complimenter devant lui. Sobre, il se comportait différemment mais Edna craignait que, à l'avenir, sa jalousie resurgisse même sans l'effet de l'alcool. Depuis que la situation s'était dégradée en Europe, Edna taisait à son entourage, au travail, qu'Ubald et son beau-frère n'étaient pas sous les drapeaux. Par contre, elle parlait abondamment de ses frères, vantant la combativité de l'un, louant la bravoure de l'autre. Si elle avait été un homme, elle se serait engagée dès le début. Mourir pour une vraie cause lui paraissait admirable. Elle adhérait à la phrase de Churchill : « Je n'ai que du sang et des larmes à vous offrir. »

Edna avait croisé son ancien employeur, M. Cohen, à quelques reprises, rue Saint-Laurent. Il paraissait abattu. Plusieurs membres de sa famille en Europe ne donnaient plus de leurs nouvelles. On lui avait parlé de camps où on expédiait les juifs. Mais elle avait mis un terme à cette conversation, qui la rendait mal à l'aise. Sa douleur le faisait exagérer, elle en était sûre. Elle avait dit « Bonne chance » en le quittant. « La chance, c'est pas un mot juif », avait-il laissé tomber. Elle aurait aussi aimé revoir la vieille Mme Cohen mais Ubald trouvait déplacé qu'elle fréquente les gens dont elle avait été la servante. Il n'appréciait pas davantage qu'elle parle yiddish en sa présence. « J'veux comprendre ce que tu dis aux autres », disait-il pour justifier son interdit. Edna, parfois, s'interrogeait sur le changement de caractère de son mari. Lui cachait-il quelque chose ? Quand il buvait, il souriait. Pour tout et pour rien. Une fois bien imbibé, il la taquinait, lui pinçait un sein même devant Louis-Philippe et surtout il parlait. De sa vie dans les bois avec son père chassant les animaux. Il avait tué avec réticence et vider les bêtes l'écœurait mais son père l'y forçait. N'était-ce pas leur gagne-pain ? Le lendemain, à jeun, il avait tout oublié. Lorsque Edna disait « Hier, quand tu décrivais la fois où t'as tiré un petit chevreuil en plein front... », il l'interrompait brutalement : « J'racontais n'importe quoi. Oublie ça. » Peut-être gardait-il en lui un secret inavouable, pensait Edna. Et peut-être avait-elle besoin de ce mystère pour l'aimer. Car l'amour, c'était sûrement ce qui la liait à Ubald. Sauf que ça ne ressemblait en rien à ce qu'elle voyait dans les films d'Hollywood.

Gloria réussit à convaincre sa mère de déménager une fois de plus. Elles prendraient un logis plus vaste avec trois chambres à coucher et un grand salon double. Mme Desrosiers recevait la solde de ses fils tous les mois et déposait le tout à la banque. Jamais elle n'avait possédé autant d'argent. « Quand on monte pas, on descend », répétait Gloria à qui son patron venait d'offrir un manteau d'hiver en laine bouclée avec un large col en castor. « Tu gaspilles, ma fille », s'était écriée sa mère en la voyant parader avec le manteau sur le dos. « Je l'ai eu pour une chanson », avait répondu sa fille. « T'es bien traitée par ce monde-là. Y a pas à dire, les juifs sont généreux. Leur seul malheur, c'est d'avoir tué Jésus-Christ. » « Justement, dit Gloria, y ont pas tué un chrétien, y ont sacrifié un des leurs. »

Toutes deux appréhendaient, sans se l'avouer, le moment où les frères reviendraient de la guerre. Pour la première fois de sa vie, Gloria retrouvait une mère à elle. Mais jamais elle ne se serait autorisée à lui reprocher cet abandon qu'elle lui avait fait subir dans l'enfance. Cette blessure jamais cicatrisée, sa mère ignorait sans doute que Gloria la portait comme une décoration qui l'élevait au-dessus de ses proches.

15

Le jour de Pâques 1942, les sœurs se réunirent chez leur mère pour le dîner marquant ce temps fort du calendrier liturgique. La veille, Edna avait accompagné Ubald à l'église afin qu'il se confesse. Sans confession, pas de communion pascale. Si Edna acceptait de discuter du rôle du clergé, jamais cependant elle ne se serait permis de vivre avec un mari excommunié pour ne pas avoir fait ses Pâques. Elle n'aurait pas osé non plus subir les foudres de sa mère sur une question aussi vitale. « Y a que les hommes qui font leurs Pâques qui rentrent dans ma maison, dit Mme Desrosiers en accueillant son gendre. Vous êtes le bienvenu, Ubald. »

Émilien, en permission et en uniforme, avait assisté à la grand-messe aux côtés de sa belle-mère et de sa femme. Mme Desrosiers en tirait une fierté évidente et l'exprima en servant Émilien le premier. « On a un soldat à table. Il mérite bien un peu de considération », dit-elle en déposant devant lui une assiette débordant de jambon et de purée de pommes de terre. Émilien sourit, prit l'assiette et la plaça devant sa femme, « La galanterie avant la guerre », déclara-t-il. Edna restait coite mais se sentait ulcérée. Ubald s'était présenté devant la sainte table, il travaillait comme un singe pour ramasser l'argent nécessaire à l'achat d'une maison, il ne disait jamais un mot contre sa belle-mère et avait même passé trois heures, quelques jours auparavant, à réparer son appareil radio. Et sa mère n'en avait que pour le pitou de sa sœur.

Gloria posa sur la commode les œufs en chocolat Laura Secord qu'on allait manger au dessert, mettant ainsi un terme aux quarante jours de carême où, par sacrifice, l'on s'interdisait les sucreries. Elle n'arrivait jamais à se priver durant toute cette période et, dès le moment où ils apparaissaient dans les magasins, elle s'empiffrait de lapins, d'œufs et de poules en chocolat en cachette de sa famille. Devant leur mère, c'était clair, aucun Desrosiers ne se comportait en adulte. Les mensonges, les demi-vérités, les feintes et la crainte tissaient les liens filiaux.

« Pensez-vous que la guerre s'achève ? » demanda Mme Desrosiers à Émilien. « Elle doit continuer jusqu'à notre victoire. Il faut sauver la France, notre mère patrie, qui vit sous la botte des Allemands. » « J'suis ben inquiète pour mes garçons. J'ai hâte de les voir revenir », dit-elle. « Je suis sûr que ce sont de bons combattants. Il faut prier le ciel qu'ils ne soient pas malchanceux », déclara Émilien, du haut de l'autorité que lui conférait sa belle-mère. « Qu'en pensez-vous, Ubald ? Pensez-vous que ça va finir de sitôt ? » demanda Mme Desrosiers. Ce dernier rougit, jeta un coup d'œil nerveux autour de lui et sentit la main d'Edna sous la table qui lui serrait le genou. « Y paraît que les Anglais vont attaquer », dit celui-ci. « On a juste à se croiser les doigts pour que nos bons Canadiens français leur servent pas de chair à canon », ajouta Edna. « Depuis quand tu te mêles de politique toi ? » s'étonna Gloria. « Depuis longtemps, mais c'est pas avec toi que j'peux parler de choses sérieuses. J'en parle avec mon mari. Y a peut-être pas fait un cours supérieur mais y en connaît pas mal plus que tes amis de la Haute. » « Empêchez-les de se chicaner, la mère », dit Irma. « Je crois qu'on est tous nerveux, reprit Émilien. On pense à Maurice et à Albert. Personnellement, j'ai cinq cousins germains dans le 22e régiment royal, comme vos fils, madame Desrosiers, et on travaille tous pour la même cause : battre l'Allemagne », conclut Émilien. « Y en a qui travaillent plus près de l'Allemagne que d'autres, dit Edna. Viens-t'en, Ubald, on n'a plus rien à faire icitte », ajouta-t-elle en se levant. « C'est une bonne chose que tu partes, dit Irma. Surtout que t'es mal placée pour critiquer. Excuse-moi, Ubald, c'est pas à toi qu'on en veut. Y a des bonnes raisons, je suppose, pour pas être dans l'armée. » « Réponds pas, dit Edna à son mari qui la suivait vers la porte. Excusez-moi, la mère », cria-t-elle une fois parvenue dans le portique.

En septembre, les troupes anglo-canadiennes débarquèrent à Dieppe, y compris les régiments canadiens français auxquels appartenaient Maurice et Albert. Dans les jours qui suivirent, la famille resta accrochée à son poste de radio et Mme Desrosiers attendait le facteur, assise sur le perron. Au bout d'un mois, la lettre arriva dans une enveloppe que la mère reconnut. Elle sut sans lire. À la fin de la journée, Gloria trouva sa mère à genoux, le chapelet entre les doigts. Puis elle aperçut la missive cachetée sur la table de cuisine. Elle l'ouvrit. Albert était porté disparu depuis le débarquement raté. On n'avait pas retrouvé son corps mais on gardait espoir. On allait décorer son fils à titre posthume et Mme Desrosiers serait invitée à recevoir sa médaille au cours d'une cérémonie à Ottawa. Gloria pensa à Maurice dont on était aussi sans nouvelles. Elle se mordit la lèvre inférieure et une vieille douleur remonta à la surface. Elle dit : « Y vont peut-être retrouver son corps, la mère. » « Avec son havresac sur le dos, y est couché au fond de l'océan, dit Mme Desrosiers. Quand est-ce que ça va s'arrêter c'te vie-là ! » Elle parlait d'une voix gémissante que sa fille ne lui connaissait pas.

Une demi-heure plus tard, alors qu'elle était toujours agenouillée, ne sachant comment l'aborder, les attendrissements n'ayant jamais eu cours dans la famille, Gloria s'approcha d'elle. « Y faudrait peut-être manger, la mère. » « J'arrive. Laisse-moi finir mon rosaire. Ou plutôt, finis-le avec moi. » Gloria se mit à genoux à ses côtés. C'était une sensation étrange, presque douce. Puis elles se levèrent. Mme Desrosiers réchauffa le ragoût et les deux femmes mangèrent sans parler et sans se regarder.

Le lendemain, elles apprirent que Maurice, sain et sauf, était cantonné quelque part en Normandie. « Pourquoi avez-vous su hier en recevant la lettre qu'il s'agissait d'Albert ? » demanda Gloria à sa mère. « J'avais eu un pressentiment. Pis, Albert a toujours eu peur de l'eau. Le faire débarquer, c'était le tuer. »

Mme Desrosiers ressortit de sa garde-robe les vêtements noirs qui avaient servi durant le deuil de son mari et les sœurs l'imitèrent. Une messe funèbre fut célébrée à la paroisse et la parenté de la campagne y assista. Tous les cousins étaient présents puisque, en tant que cultivateurs, ils avaient échappé à l'enrôlement. Les sœurs entouraient leur mère mais l'absence du corps donnait à la cérémonie un aspect irréel. Le prêtre fit l'éloge du soldat Albert Desrosiers, un héros mort pour défendre les opprimés, un garçon arraché à la vie dans la fleur de l'âge. « Ce jeune homme représente le meilleur de ce que nous sommes, nous la race canadienne française », affirma le prêtre en conclusion de son homélie. Edna murmura à l'oreille de Gloria : « Fallait qu'y meure pour que quelqu'un y fasse des compliments pareils. Pauvre de lui ! » Au cours du goûter qui suivit chez les Desrosiers, une cousine dit à Edna : « C'est étrange qu'y l'aient pas retrouvé. Y disaient dans les journaux que les plages étaient recouvertes de corps. » « Qu'est-ce que tu veux dire au juste ? » répliqua celle-ci, prête à lui sauter à la face. « Rien, rien. J'disais ça comme ça. » « Tu ferais mieux de te fermer la gueule et de surveiller ton mari dans les granges plutôt que de jouer au détective. » « La maudite vache, pourquoi tu l'as invitée ? » demanda Edna à Irma. « À vient cracher sur notre malheur. » « Qu'est-ce qu'elle a dit ? » s'enquit Gloria. « Laisse faire, dit Edna, je t'en reparlerai une autre fois. » Ce soir-là,

Mme Desrosiers voulut être seule, un désir qu'elle n'avait jamais de sa vie manifesté. Émilien retourna dans sa caserne et Gloria et Irma se retrouvèrent chez Edna. On but sec et, à deux heures du matin, on avait presque oublié la guerre et ses malédictions. Seule Gloria, dans un sursaut de dignité, avait quitté la beuverie des endeuillés.

Gloria mit fin à son aventure avec son patron le jour où elle apprit qu'une partie de la famille de son épouse avait été tuée par les nazis. Elle aurait eu le sentiment d'ajouter au crime en continuant de coucher avec lui. Ce dernier n'insista pas, au contraire il remercia Gloria de le remettre dans le droit chemin, bien que sa liaison, assura-t-il, adoucît sa propre peine, lui-même étant sans nouvelles de ses cousins polonais. À l'atelier, le travail de repasseuse ne manquait pas car, à la confection des robes, s'ajoutait celle des uniformes de l'armée. Gloria rapportait chaque vendredi soir une enveloppe débordante de billets verts qu'elle avait plaisir à faire compter par sa mère. Cette dernière soutirait sa pension et, pour s'amuser, il lui arrivait de soustraire un ou deux dollars de plus. Gloria disait : « Vous me volez, la mère. » Et celle-ci souriait en disant : « J'suis pas bonne avec les additions. » Cette complicité mettait du baume sur le deuil.

Les deux femmes déménagèrent selon le souhait de Gloria. Celle-ci avait déniché dans la rue derrière leur logis un appartement comme elle en rêvait. Trois chambres, un boudoir et un salon, de quoi accueillir les frères à la fin de la guerre.

Le 6 juin 1944, le « mur de l'Atlantique » fut percé et les troupes réussirent à débarquer sur les plages de Normandie. Ce débarquement était dans toutes les bouches. On s'inquiétait pour Maurice mais, rapidement, une lettre arriva. « On va gagner la guerre. Je ne suis pas mort. Bonjour spécial à la mère. Votre fils et votre frère dévoué, Maurice. » Mme Desrosiers fit une neuvaine pour que sainte Anne protège son fils qui continuait de se battre et, avec ses filles, elle se rendit en pèlerinage à Sainte-Anne de Beaupré. Les sœurs n'avaient jamais voyagé avec leur mère depuis leur retour des États-Unis. Elles firent un arrêt à Québec et leur mère, éblouie, résuma le sentiment général. « On est pas chez nous. On se croirait dans les vieux pays. » « Ça s'appelait la Nouvelle-France, le Canada, quand on nous a découverts », dit Irma, mettant à profit les connaissances transmises par Émilien. « Tu te prends pour une savante, fit remarquer Edna, moqueuse. Fais attention, avec la grosseur de la tête que t'as, faudrait pas que tu la remplisses trop. À va péter », ajouta-t-elle faisant crouler sa mère de rire.

Ce voyage devint la référence des femmes Desrosiers. Leur vie durant, l'une ou l'autre dira à propos de tout et de rien : « Vous rappelez-vous notre voyage ? » Ou alors : « On avait vu ça pendant notre voyage », ou quelquefois : « On devrait en faire un autre voyage comme celui-là. » Et toutes d'être émues comme si, au cours de cette seule journée, chacune avait vécu une autre vie que celle que leur avait fixée le destin.

Edna, Irma et Gloria

Grâce à Irma, les Desrosiers ne souffrirent jamais du rationnement durant la guerre. Le beurre, le sucre, le café, les œufs, le chocolat leur parvenaient sans restriction. À croire qu'Irma imprimait les tickets donnant accès à ces denrées. Et personne ne posait de question. Irma disait : « Dans la vie, faut savoir où se placer les pieds. » « Juste les pieds ? » avait envie de dire Edna mais elle se retenait de peur que sa sœur lui coupe les vivres. À vrai dire, elle n'en savait pas plus que Gloria. Une chose était claire : Émilien devait tout ignorer de cette manne sur laquelle Mme Desrosiers fermait les yeux, même le chapelet à la main.

Gloria vantait le progrès, ce progrès qui sortait les cultivateurs de leur campagne, qui accordait aux femmes plus de liberté, somme toute, qui déniaisait les gens. Dans cet esprit de modernité, le téléphone fit son entrée dans le logis. Le choix s'offrait de partager une ligne téléphonique avec un abonné ou de posséder une ligne personnelle. Gloria n'hésita pas : « On est pas des quêteux, on a choisi une ligne privée », dit-elle à Irma qui, par économie, avait choisi la première option. « T'as rien compris, remarqua cette dernière. Quand on est deux sur la ligne et qu'on s'ennuie le soir, on écoute l'autre. » « Mais l'autre aussi peut t'écouter, maudite niaiseuse ! » répliqua Gloria.

Le 2 septembre 1945, le téléphone sonna chez Mme Desrosiers. Elle répondit, non sans s'être passé la main dans les cheveux auparavant, comme si l'interlocuteur pouvait la voir : « Allô ? » dit-elle. « La mère, la mère ! cria Gloria. La guerre est finie ! »

16

Arthur et Roméo furent démobilisés les premiers. Arthur retourna aux abattoirs. Il aimait l'atmosphère de ces lieux, l'odeur du sang des bêtes, et les animaux crochetés lui donnaient d'étranges sensations. Il y retrouvait des gens avec qui partager ce plaisir intense de découper les animaux, enfoncer les bras dans des entrailles encore chaudes, saigner les cochons et égorger les moutons. Le salaire n'était pas élevé mais les combines s'organisaient efficacement. On se payait en viande, ce qui permettait à Arthur, fournisseur attitré de la famille en rôtis, steaks et gigots, de conserver l'intégralité de son salaire. Durant des années, à la table des Desrosiers, on dévora la meilleure viande en ville. « Comme chez les riches », disait Arthur avec un clin d'œil.

Roméo réintégra la maison en décrétant qu'il avait besoin de quelques mois de vacances pour se remettre de ses émotions. Gloria protesta et prévint sa mère qu'elle refusait de contribuer à l'entretien de ce fainéant. Roméo racontait partout qu'il avait été affecté à l'espionnage durant une partie de la guerre. « T'espionnais le général, j'imagine », lui dit Gloria. « Ris de moi si ça te chante. Un jour viendra où tu t'excuseras à mes pieds. » Mme Desrosiers ne se résoudrait jamais à mettre son fils à la porte, alors elle tentait de tempérer sa fille. « Donne-lui un peu de temps. Y nous dit pas la vérité mais j'ai l'impression qu'y en a arraché. » « Voyons donc, la mère. Je comprends pas que vous le défendiez. D'autant que vous y rendez pas service. Y a vingt-trois ans, pas de métier, pas de blonde, deux ans d'école de réforme dans le corps et juste sa grande gueule. » « Tais-toi, ma fille. C'est moi qui mène dans ma maison. Si t'es pas contente, tu sais ce que t'as à faire. » Gloria encaissait le coup et se réfugiait dans sa chambre. Elle allait sur ses trente-huit ans, ne se marierait jamais, elle en avait la conviction intime, elle appartenait au clan, elle ne s'en échappait que les fins de semaine pour rejoindre sa bande de joueurs de cartes. Dans son esprit, on quittait la maison familiale pour se marier. Les célibataires vivant seuls étaient soit des orphelins, soit des gens séparés, une honte sociale, soit des originaux dont il fallait se méfier. Elle ne se reconnaissait dans aucun cas de figure. « Chienne de vie ! » murmurait-elle souvent quand ces pensées lui occupaient la tête.

Émilien, démobilisé avant le retour de Maurice, fut accueilli froidement par Irma que sa vie de quasi-veuve enchantait. Elle avait entretenu quelques flammes en se gardant bien de tromper techniquement son mari. Non seulement elle savait s'arrêter à temps mais elle connaissait la façon de réduire l'ardeur des hommes. Elle aimait l'idée d'être devenue une femme d'expérience. En remettant les pieds chez lui sans uniforme, Émilien tomba du piédestal sur lequel sa femme l'avait placé durant sa mobilisation. Dès le lendemain de son retour, elle l'incita à retourner à son travail. Il obtempéra mais revint bredouille. On n'avait plus besoin de ses services. Irma s'enragea : « C'est des écœurants. Tu te laisseras pas faire. Retournes-y pis engueule-les. » Émilien tenta bien de la calmer. Il se trouverait un autre emploi, changerait de domaine. Il aimait la peinture, les artistes, il chercherait donc dans ces secteurs. D'ailleurs, il souhaitait suivre des cours de dessin dans le but éventuel de l'enseigner. Irma écumait : « Tu veux faire de la peinture. Ah, monsieur se prend pour un artiste, pis y a pas une cenne de côté. » « Tu as reçu ma solde et tu as des économies. Ça nous fait un coussin, ce qui me permet de prendre le temps de choisir un emploi dans lequel je retirerai des satisfactions. Un emploi qui me donnera le sentiment de m'accomplir. » Irma était devenue hystérique. Elle cria : « Comment un coussin ! Pis des satisfactions, c'est quoi ça ? J'en ai-tu moi, des satisfactions à repasser des parachutes avec un fer qui pèse vingt livres… » « Je pensais que tu étais vendeuse », dit Émilien, secoué par l'agressivité de sa femme et blessé en même temps qu'elle ne l'ait pas informé de son changement d'emploi. « Ça se vendait pus les robes pendant la guerre. Dans les usines, les femmes s'habillent pas. »

Ce jour-là, Émilien quitta le logis sans dire mot. Irma ne décolérait pas mais la sortie de son mari la surprit et l'inquiéta vaguement. La guerre lui aurait-elle fait perdre sa docilité ? Elle était à même de constater que son intérêt pour le sexe avait encore progressé. Peut-être y avait-il un lien entre cette nouvelle indocilité et son envie de coucher avec elle. Bien sûr, ses performances n'arrivaient pas à la cheville de celles des hommes qui avaient défilé dans sa vie, son grand Jos au premier chef, mais Émilien, lui, savait parler. Au cours d'une permission, un soir, il lui avait dit après le souper : « Viens ma belle Rougette, je vais t'honorer. » C'est une fois au lit qu'elle comprit qu'honorer une femme pouvait signifier autre chose que le quatrième commandement de Dieu, « Père et mère tu honoreras ». Elle se demandait parfois si ça avait été une bonne idée d'épouser un garçon si étrange, si lunatique, si enfantin, elle qu'attiraient les virils et les musclés, des hommes à la poitrine velue, à la barbe drue et aux mollets de fer. Émilien était poilu mais, au toucher, son poil se confondait avec du duvet, et ses jambes cagneuses rendaient sa démarche flottante. L'armée avait peut-être modifié son caractère et elle devait faire preuve de plus de diplomatie. Elle voulait pour lui un travail stable, de neuf à cinq heures, et une possibilité d'avancement dans son entreprise. Elle quitterait son emploi et s'arrangerait pour contrôler leurs finances, c'est-à-dire la paye qu'il lui versait en entier. Elle ne s'était certainement pas mariée pour rester sur le marché du travail. Elle se prépara du thé dans le but de lire son avenir au fond de la tasse. Elle y vit de l'argent, un désappointement et un homme avec un sac sur le dos. Elle entendit la clé dans la porte et s'empressa d'écarter sa tasse. Émilien, debout devant elle, la regardait avec gravité. « Tu dois me faire confiance, la Rougette. Je suis un homme responsable, mais j'ai ma fierté. » Elle se leva à son tour. « J'le sais, mon pitou. » Elle l'enlaça en songeant que, ce soir, elle lui préparerait les macaronis au fromage dont il raffolait. Il ne résista pas et il l'entraîna vers leur chambre. Il se déshabilla lentement, prenant bien soin de garder le pli de son pantalon, rangea ses chaussures sous la chaise, les chaussettes enfoncées à l'intérieur, et pénétra dans le lit. Elle se colla à lui et allongea la main. C'était mou et chaud. « Le mariage, c'est de l'ouvrage », pensa-t-elle en le caressant.

Maurice débarqua à Montréal la besace remplie de tablettes de chocolat et de caramels mous, cadeau des soldats américains. Il rapportait aussi une garcette et un poignard allemand. Il déposa le tout sur la table de cuisine autour de laquelle la famille au complet s'était réunie. Pour l'occasion, la mère avait chargé Arthur d'acheter de la bière et une bouteille de vin sucré. « On est ben contents que tu sois de retour, mon garçon. Mais on peut pas s'empêcher d'être tristes en pensant à mon pauv'Albert. » Le silence se fit et personne n'osait le rompre. « As-tu débarqué en même temps que lui à Dieppe ? » demanda enfin Roméo. « Non, répondit Maurice, je m'étais fait une entorse au genou à l'entraînement. J'pouvais pas marcher. Faut croire que ça m'a sauvé la vie parce que Dieppe, ç'a été une vraie boucherie. De toute façon, la guerre c'est pire que l'enfer. Mais on a gagné, c'est pour ça qu'on s'est battus. » « T'as maigri. J'vas te faire manger c'que t'aime. Dans un mois, tu vas retrouver ta face ronde », assura la mère. « Pis vous, les gars, vous vous l'êtes coulée douce au Canada », dit Maurice à ses frères avec un sourire entendu. « Moi, je trouve que ça te va bien d'être maigre, dit Gloria dans le but de détendre l'atmosphère. Tu ressembles à un acteur avec tes beaux cheveux noirs. » « Ta chambre est prête, si tu veux t'étendre. La voyage a été long », dit la mère. « J'ai une chambre pour moi tout seul ? s'étonna Maurice. Ça vaut presque la peine de m'être battu de l'autre bord. » « La mère a décidé de te donner la sienne », dit Gloria. Maurice protesta, en vain. Mme Desrosiers allait coucher sur le divan dans le boudoir. Dans son for intérieur, elle s'était dit que dormir au milieu de la maison lui permettrait de surveiller l'état dans lequel ses garçons rentreraient de leurs soirées trop arrosées. Elle contrôlerait aussi le va-et-vient d'une chambre à l'autre, car il fallait traverser le boudoir pour y accéder. Et Gloria ne pourrait plus lui raconter d'histoires ; elle saurait exactement l'heure à laquelle sa fille rentrait la nuit. Les années de guerre avaient formé une parenthèse, presque heureuse, n'eût été la perte de son fils mais toute bonne chose avait une fin. Une mère était condamnée à se sacrifier pour ses enfants, le fait qu'ils soient adultes n'y changeait rien.

Irma fut choquée d'apprendre que sa mère coucherait sur un divan. Elle estimait aussi qu'il était anormal que ses frères ne se marient pas. « Y en a ben un de vous autres qui va finir par se caser », lança-t-elle à leur adresse.

« On regarde nos beaux-frères et on trouve qu'y font bien pitié. On en tire nos conclusions », déclara Roméo. La mère riait et l'ambiance redevint gaie. « Maudit, que c'est bon ! » répétait Maurice tout en mangeant. « C'est vrai, la mère, qu'on oublie de vous complimenter nous autres. On est trop habitués », dit Gloria. « C'est quand on est privé de ce qu'on aime qu'on se rend compte que ça nous manque », affirma Irma. « Ta femme est devenue philosophe depuis qu'est avec toi », dit Edna à Émilien, qui accueillit la remarque comme un compliment. « J'sus ben heureuse d'avoir toute ma famille réunie autour de la table. » C'était rare que la mère s'adressât d'un air aussi réjoui à ses enfants. Chacun sentait la force que dégageait le clan et la puissance de celle qui le dirigeait.

Dès la première nuit, la maisonnée fut réveillée par les hurlements de Maurice. Des cris stridents, des ordres en anglais, des marmonnements essoufflés. Mme Desrosiers resta allongée dans le noir et chaque nouvel éclat de voix faisait battre ses tempes. Il revivait sa guerre et que pouvait-elle y faire ? Elle espérait seulement qu'à l'aube, il aurait oublié les cauchemars. Le lendemain matin, à table, personne n'ouvrit la bouche. Maurice semblait cependant agité. « J'ai-tu crié pendant la nuit ? » demanda-t-il. « Un peu, répondit sa mère, mais tu t'es vite rendormi. » « Ça doit être parce que j'suis revenu à la maison. Y paraît que j'hurlais pas mal fort dans les dortoirs, mais j'étais pas le seul. » « Fais-t'en pas avec ça, mon garçon. Ça va te passer. Tout s'oublie. » « J'sus pas sûr mais j'voudrais ben vous croire, la mère », laissa tomber le fils.

Toutes les nuits, pendant des semaines, la famille subit les cauchemars de Maurice. Et la mère interdit formellement à ses enfants d'en glisser mot à leur frère. Jusqu'à cette nuit où Mme Desrosiers, réveillée par le bruit, découvrit son fils dehors en train de marcher le long du toit de la maison qu'il avait escaladé, son poignard à la main. Gloria, réveillée par le vacarme, insista pour qu'on n'intervienne pas. « Y faut pas le surprendre. Y est somnambule. Si on crie, y va tomber en bas. » Ces scènes se répétèrent. Maurice longeait toujours la corniche, le poignard à la main. Mme Desrosiers priait durant ces longues minutes où son fils défiait le vide. Il revenait vers le balcon, l'enjambait, le poignard entre les dents, et rentrait dans la maison où il rejoignait sa chambre. Il déposait le couteau sur sa table de nuit après l'avoir glissé dans son étui. Il s'étendait en rabattant les couvertures par-dessus sa tête et l'on savait alors que la bataille était terminée. Un soir, Gloria et sa mère buvaient un café, seules dans le logis. « Vous pensez pas, la mère, qu'y faudrait faire disparaître le poignard de Maurice. Faut pas jouer avec le feu. » Deux semaines plus tard, Mme Desrosiers s'éveilla en sursaut. Maurice la dominait de sa taille, l'arme blanche à la main. Elle poussa un cri horrifié, Maurice se réveilla alors que Roméo était en train de l'immobiliser au sol. Mme Desrosiers ramassa le poignard. « T'en as pu besoin, mon garçon », lui dit-elle tandis qu'il s'effondrait en larmes.

17

Éloi avait de belles manières, appréciait la nourriture raffinée, connaissait des gens importants, parfois célèbres et gagnait un salaire décent comme serveur dans un club privé, salaire qu'il doublait et même triplait avec les pourboires. Il vivait seul dans un petit appartement décoré de meubles anciens, don d'un vieux membre du club à qui il avait rendu moult services.

Éloi tomba aveuglément amoureux de Gloria, un samedi soir, en jouant aux cartes avec elle. Ce soir-là, elle perdait plus qu'à l'habitude. Il ramassa la cagnotte plusieurs fois et lui refila des billets verts sous la table afin qu'elle ne se retire pas du jeu. Gloria n'éprouvait aucune attirance pour Éloi mais sa galanterie lui plut. Elle apprécia son élégance vestimentaire et son langage châtié. Aucun juron ne sortait de sa bouche, une exception chez les hommes de son entourage. Elle s'obligea à polir son langage en prononçant des *a*, des *i* et des *an* bien francs, ce que finit par remarquer son amie Rose. « Qu'est-ce que t'as à soir, Gloria, t'es rendue que tu parles la bouche en cul de poule. » « J'suis pas obligée de parler comme un charretier. » Rose se mit à rire en indiquant de la tête Éloi, concentré sur sa main. « Mon bel Éloi, c'est ta chance à soir. Profites-en », dit Rose. Gloria lui fit les gros yeux et son amie lui répondit par un geste obscène qui n'échappa à personne, sauf à l'intéressé. Le lendemain, ce dernier l'invitait à dîner à l'Hôtel Windsor, un endroit huppé qui impressionna Gloria. Quand ils entrèrent dans la luxueuse salle à manger, Éloi fut accueilli avec chaleur par le maître d'hôtel avec qui il était à tu et à toi. Ce soir-là, il la baptisa « la belle noire » tout en la vouvoyant. Elle entretint ce vouvoiement durant plusieurs semaines mais Éloi n'était pas fait en bois, comme il le lui déclara un soir où il se morfondait de désir. Elle lui céda, sans plaisir mais sans déplaisir pour autant. « T'es MA belle noire », murmura-t-il, haletant. Le lendemain, elle reçut un bouquet de roses à la maison, événement rare chez les Desrosiers et elle confia à sa mère qu'elle s'était trouvé un cavalier. « Y a jamais été marié, y a de la classe, y est tiré à quatre épingles et y a toujours la main dans sa poche. J'pourrais peut-être l'amener manger dimanche midi. » « C'est correct », dit sa mère. « Mais faudrait pas que les garçons fassent leurs farces plates devant lui », s'inquiéta Gloria. « J'en fais mon affaire », l'assura Mme Desrosiers. Éloi se présenta les bras chargés de cadeaux pour chacun et Roméo en conclut que sa sœur avait frappé le jackpot.

Émilien s'était enfin trouvé l'emploi dont Irma rêvait pour lui. Pour un homme qui aimait la peinture, elle estimait qu'il s'agissait d'un heureux compromis. Il devenait l'assistant du gérant des ventes pour l'est du Canada au sein d'une entreprise de peinture dont le siège social se situait à Chicago. Irma annonça avec fierté à tout le monde que son pitou avait décroché le job d'assistant gérant mais Émilien insista pour définir exactement sa fonction : « Je suis l'assistant du gérant et non l'assistant gérant, un poste qui est déjà rempli par un autre. » « Arrête donc de jouer avec les mots, dit Irma, agacée. Le monde a pas besoin de savoir ça. T'es assistant gérant. C'est final. » Émilien sourit malgré lui. Sa Rougette était tout un numéro. La semaine suivante, elle quitta son emploi. La femme de l'assistant gérant de la compagnie de Chicago ne devait pas travailler à l'extérieur. Elle alla fêter son nouveau statut de femme de boss avec Edna un samedi après-midi où Ubald travaillait. Elles burent une bouteille de Canadian Bright apportée par ses soins, qu'Edna s'empressa de faire disparaître avant l'arrivée de son homme. Puis elles sucèrent une demi-livre de peppermint pour chasser de leur haleine l'odeur de vin. « On n'est pas pour passer pour des ivrognesses », déclara Edna.

Elle avait convaincu Ubald de déménager près de chez sa mère et sa sœur. Elle voulait retarder le moment où ils s'installeraient dans la banlieue de Montréal, le rêve campagnard de son mari élevé dans les bois et que la ville rendait nerveux. Ubald avait fini par céder à la condition qu'elle ne se soumette pas à des traitements pour avoir un enfant, désir qu'elle croyait avoir écarté mais qui la taraudait. Elle avait consulté le médecin à son insu. Il lui avait proposé une série d'examens et une intervention chirurgicale. Quand il l'apprit, Ubald entra dans une colère froide. Il la prit brusquement par les épaules, l'obligea à le regarder dans les yeux et déclara les dents serrées : « Jamais tu t'feras opérer. J'en veux pas d'enfant. T'es pas faite pour ça. » Elle se dégagea violemment, le gifla de toutes ses forces, dévala l'escalier, se mit à courir sans but, puis entra dans une épicerie et téléphona à Irma. « Viens-t'en, j'payerai le taxi », dit sa sœur. « J'pense qu'y est devenu fou », lança Edna en arrivant. « Tiens, prends un p'tit gin pour te calmer. » Après quelques verres, Edna en vint à la conclusion que sa fausse couche avait humilié Ubald. « J'pense qu'y s'est imaginé que le bébé a décollé parce que sa semence était pas de bonne qualité. » « Tu penses trop, répliqua Irma. T'as un mari qui est jaloux de tout le monde. Y te veut juste pour lui. Et y faut que tu vives avec ça pour le reste de tes jours. » Edna la regarda sans rien dire et tendit son verre à moitié vide.

Elle retourna chez elle en tramway, se demandant dans quel état elle allait trouver son homme. Elle ne le craignait guère, sachant que, contrairement à elle, jamais il ne la violenterait. Elle monta l'escalier sans faire de bruit et n'eut pas besoin de sonner, la porte était déverrouillée. Elle entra et l'aperçut du fond du couloir, attablé un verre à la main. La table était remplie de bouteilles de

bière. Elle demanda : « Es-tu fatigué ? » Il répondit
« J'suis mort. » « Viens te coucher, mon loup », dit-elle
à mi-voix. Il la suivit docilement. Jamais plus il ne serait
question d'enfant entre eux.

Roméo se dénicha un emploi de commis dans une
quincaillerie et Mme Desrosiers ne sut bientôt que faire
des marteaux, clés anglaises, tournevis, ampoules électriques, « des échantillons gratis », assurait Roméo. Un
matin, avant de partir pour le travail, il s'attarda dans la
cuisine à boire un troisième café. « Tu vas être en retard. »
« J'ai quelque chose à vous dire, la mère. » Elle l'observait. Il était nerveux et gêné à la fois. « T'as encore
fait du trouble ? » demanda-t-elle. « Pas exactement »,
répondit-il. « Crache ce que t'as à dire plutôt que de
laisser ta mère se morfondre. » Il toussota. « J'sors avec
une fille et elle est partie pour la famille. » Mme Desrosiers serra les lèvres et se retint de le frapper. « Tu sais
c'que t'as à faire, mon garçon. Y pas deux solutions. Tu
la maries au plus sacrant. Pis attends-toi pas que j'sois à
ton mariage. » « Allez-vous pouvoir me passer de l'argent ? Y va y avoir des frais. » « Elle a des parents, c'te
fille-là. Qu'y payent. » Roméo n'insista pas. Il se maria
trois semaines plus tard. Irma et Gloria s'abstinrent
d'assister à la cérémonie. Arthur lui servit de père et un
goûter fut organisé chez Edna où Louis-Philippe, toujours en quête de compagnons de saoulerie, fournit
l'alcool. Roméo récita un poème de son cru à Rose-
Aimée, une douce jeune fille de la campagne atterrie en

ville comme serveuse dans un minable snack-bar où il l'avait dénichée.

Tes yeux sont veloutés,
Tes lèvres satinées,
Tu m'as brisé le cœur
Et sans toi, je meurs.

L'assemblée avinée applaudit à tout rompre et Edna chanta alors pour sa nouvelle belle-sœur : « Je t'ai rencontré simplement. Et tu n'as rien fait pour chercher à me plaire. » Les mariés s'installèrent dans un logis d'une pièce, sans salle de bain ni chauffage. Mme Desrosiers, chaque mois, refilait quelques dollars à son fils, incapable de joindre les deux bouts. Avant la naissance de la petite fille que Roméo prénomma Anne en l'honneur de la sainte et pour adoucir l'humeur de sa mère, il avait perdu son emploi, le propriétaire de la quincaillerie l'ayant pris le marteau à la main. Il se reconvertit dans la vente d'assurances et, durant un an, sembla se ranger. Rose-Aimée redevint enceinte, ce qui mit Roméo hors de lui. Elle devait se débrouiller, ordonna-t-il. Elle promit de trouver une faiseuse d'anges mais n'y parvint pas à son grand soulagement, car Rose-Aimée ne se résolvait pas à avorter. La lignée Desrosiers fut ainsi assurée par la naissance d'un garçon baptisé Jean-Baptiste comme le patron des Canadiens français. « Ça part bien dans la vie », déclara Roméo. Mme Desrosiers accepta d'être la marraine de son petit-fils et Louis-Philippe, tout mécréant qu'il fût, en devint le parrain. Roméo s'assurait ainsi les bonnes grâces de sa mère et s'imaginait que l'aisance matérielle de Louis-Philippe pourrait un jour être transférée à son garçon. Entre-temps, lui-même en profiterait.

Un soir, alors qu'Edna préparait le souper, elle entendit des coups de klaxon insistants et répétés. Elle sortit sur le balcon et aperçut Ubald au volant d'une voiture coupée noire. Elle cria : « Qu'est-ce que tu fais là-dedans ? » Il répondit : « Descends. Trouves-tu que c'est un beau bazou ? » demanda-t-il, la bouche fendue jusqu'aux oreilles. Elle dit : « Y te l'ont prêté au garage ? » « Pas tout à fait », répliqua Ubald. Edna s'inquiétait. Ubald n'avait tout de même pas flambé leurs économies pour s'acheter une automobile. « C'est à nous autres, dit Ubald avec une excitation contagieuse. Monte, on va faire un tour. » Edna ne voulait pas amoindrir le plaisir intense que manifestait son loup. « On va en faire des voyages. On ira aux États, si tu veux. » « Amène-moi chez Irma pour le moment », dit Edna. En découvrant l'auto, sa sœur s'exclama : « J'pensais pas que vous étiez si riches. Nous autres, on n'a pas les moyens de s'offrir un luxe pareil. Ton mari est ben gaspilleux, souffla-t-elle à l'oreille de sa sœur. Tu ferais mieux de l'avoir à l'œil. Un jour, vous allez vous retrouver le cul sur la paille. » « On est de not'temps nous autres. Les chars, c'est l'avenir. Et puisque ça te dit rien, on t'invitera pas à faire des tours », répondit Edna avec hauteur. Émilien, quant à lui, félicita Ubald. « J'aimerais bien convaincre ma femme d'en acheter une, mais c'est inutile. » « C'est toi qui portes les culottes », répliqua Ubald. « La vie de couple est plus compliquée que tu ne le crois, mon cher Ubald », laissa tomber Émilien. Quand Gloria apprit la nouvelle, elle décréta qu'avec des enfants et une automobile dans la famille, les choses bougeaient. Mais elle plaignit Edna. « À va être obligée de travailler jusqu'à la fin de ses jours. Ubald va tout y manger ce qu'à gagne », dit-elle à Irma. Devant la réaction de ses sœurs, Edna décida que son mari avait eu raison. C'était ça le progrès. « C'est des maudites jalouses », se convainquit-elle.

En matière de progrès, Irma se dota d'une machine à laver, plus pratique que le gramophone que désirait Émilien. Ce dernier souhaitait inviter sa femme à l'opéra mais Irma n'aimait que Glenn Miller et son orchestre. Lorsqu'il écoutait la retransmission des opéras du Metropolitan de New York à la radio, elle s'empressait de quitter la maison. Elle visitait sa mère, faisait des courses, trouvant mille excuses pour n'avoir pas à entendre ces cris de mort auxquels elle ne comprenait rien. Émilien espérait qu'avec le temps, elle finirait bien par apprécier la beauté de ces voix de ténors ou de sopranos. Il ne désespérait pas non plus de lui communiquer le goût de la lecture. Irma lisant à voix haute, cette activité représentait pour elle un effort considérable. Mais il constatait avec bonheur qu'elle s'empressait de montrer à tous les visiteurs la petite bibliothèque en chêne contenant une centaine d'ouvrages. Émilien était touché lorsque sa femme disait : « Vous voyez à gauche, là, c'est Victor

Hugo. En haut, à droite, Charles Dickens. Pis à côté de lui, Maupassant. » Après le départ des invités, Émilien disait : « Tu sembles fière de ma bibliothèque. Tu devrais commencer à t'en servir. Au fil des ans, on va l'agrandir. J'aimerais bien que tu aies une section à toi. » « On va pas jeter notre argent par les fenêtres. Ma maison deviendra pas un magasin de livres. Est belle la bibliothèque mais cent livres, c'est ben assez. Si t'en veux d'autres, t'as juste à les emprunter à la bibliothèque municipale. » « T'es dure, la Rougette », disait-il en soupirant. « Y faut que dans notre ménage un des deux soit réaliste », répondait Irma.

18

Irma apprit par une voisine qu'un logement se libérait à deux maisons de chez elle. Un rez-de-chaussée avec une petite cour gazonnée à l'arrière. Elle s'empressa d'en informer Edna. « Ça va être pratique. Pis l'été, quand il fera trop chaud, on se bercera dehors. L'autre atout, c'est que tu te rapproches de la mère. C'est un avantage qu'une famille soit pas éparpillée à travers la ville. » Edna rêvait d'un petit jardin où elle planterait des rosiers, des tulipes et aussi des tomates, des concombres et des radis. Elle y organiserait des pique-niques le dimanche après la messe et sa mère n'aurait plus d'excuse pour refuser de venir chez elle. Car Mme Desrosiers mettait rarement les pieds chez ses filles, prétendant que c'était plutôt le rôle d'une mère de recevoir ses enfants à manger. Elle trouvait même le mouvement inverse quelque peu déplacé. Une espèce de démission de la fonction maternelle.

En compagnie d'Irma, Edna visita le logis qu'elle trouva sombre mais, comme lui fit remarquer sa sœur, « Tu peux pas avoir la lumière d'un deuxième étage puis une cour en arrière. » Restait à convaincre Ubald de la supériorité de ce logement à peine plus grand mais plus coûteux que le leur. À l'époque, les familles déménageaient constamment, parfois tous les ans. Pour une pièce supplémentaire, une salle de bain, un chauffage central, un ajout de placards. Ce va-et-vient correspondait à une amélioration des conditions de vie d'une classe besogneuse à laquelle la prospérité d'après-guerre apportait un confort inconnu jusque-là. « Dépêche-toi de te décider, ça va partir en criant ciseau », ajouta Irma.

Après l'achat de l'automobile, Ubald se sentait malvenu de refuser. Par contre, l'idée d'habiter si près de Mme Desrosiers lui déplaisait. Il craignait l'influence de cette mère redoutable. Désormais, il serait obligé d'assister à la messe et de subir les sermons de ces curés faux culs. Edna n'était pas une grenouille de bénitier mais il lui arrivait d'avoir des bouffées de piété. Parfois il la retrouvait agenouillée au pied de leur lit. La première fois, il avait ri. Mal lui en prit car Edna s'était levée en flèche et lui avait décroché une taloche derrière la tête. « C'est la première et la dernière fois que tu ris pendant que j'prie. J't'écœure pas avec des bondieuseries mais les fois où je décide de parler au bon Dieu, tu dois respecter ça. » Edna avait une foi sélective. Elle croyait en Dieu selon les circonstances. À ses yeux, on ne dérangeait pas l'Être suprême ni même les saints à tort et à travers. Elle estimait être religieuse à sa façon et affectionnait le texte biblique sur les sépulcres blanchis. Elle abhorrait les rigoristes qui, du haut de la chaire, lançaient leurs impréca-

tions aux fidèles bonasses. Elle s'approchait des sacrements mais sans régularité car, si elle aimait communier,
la confession la plongeait dans le trouble. Elle étouffait
dans le confessionnal, une garde-robe à péchés sentant
la mauvaise haleine, disait-elle. Le chuchotement obligatoire dans l'oreille du prêtre l'étourdissait, l'attente de
la pénitence l'énervait. Lorsque, de surplus, elle avait le
malheur de tomber sur un de ces vociférateurs bornés
qui la flagellaient moralement, elle ressortait de la confession humiliée, enragée et culpabilisée. « Quand t'as juste
le goût de tuer le prêtre après y avoir raconté tes péchés,
c'est sûr que t'as pas le ferme propos même si t'as récité
ton acte de contrition », expliqua-t-elle un jour à Irma
qui, elle, avait une peur bleue des prêtres criards qui
rameutaient les fidèles en attente devant le confessionnal.
Pour avoir subi l'outrage d'être dévisagée par des gens
l'imaginant coupable des pires péchés, ceux de la chair,
il va sans dire, Irma s'était tenue loin des sacrements
durant plusieurs semaines.

Edna et Ubald déménagèrent un samedi matin, et le
soir même le logis fut baptisé par le clan Desrosiers, sans
la mère évidemment. Même Émilien s'abandonna à
l'ivrognerie au point de devoir être transporté chez lui
par Roméo et Arthur dont le niveau de tolérance à
l'alcool échappait aux normes. Cette nuit-là, Gloria eut
honte de sa fratrie, elle s'en excusa auprès d'Éloi qui,
habitué pourtant à lever le coude, se montra estomaqué
par la quantité de bouteilles vidées. Et surtout choqué

par les discours blasphématoires de Louis-Philippe et d'Ubald. « Tes beaux-frères sont des antéchrists, tu m'avais pas dit ça, ma belle noire. » L'humiliation de Gloria fut si grande qu'elle s'abstint durant quelque temps de rendre visite à ses sœurs. Cette rupture marqua le début d'une longue série de brouilles dans la vie du trio.

Des trois sœurs, seule Edna se préoccupait du sort des bébés de Roméo. « Ces enfants-là ont pas demandé à venir au monde », lança-t-elle à Irma un jour où sa sœur émettait, pour la centième fois, des commentaires désobligeants sur leur sans-cœur de frère et son innocente femme de nouveau enceinte. Elle se doutait bien que leur mère contribuait aux frais du ménage et vivait ce geste comme une injustice personnelle. « J'veux pas parler contre la mère mais jamais a m'a donné un cadeau même pas une orange à Noël. C'est le père qui pensait à nous mettre des bonbons dans un vieux bas de laine, le 25 décembre au matin. » « T'es vraiment cheap de parler contre la mère qui s'échinait pour nous faire manger. Arrête tes vieilles histoires de l'ancien temps qu'on a tous haï. Pis, c'est pas Roméo qu'elle gâte, c'est sa famille qu'elle empêche de mourir de faim. Toi, tu pourrais ben mettre la main dans ta poche pour que ces enfants-là aient pas à souffrir de l'irresponsabilité de leur père. C'est ça la charité chrétienne. » Quand on la prenait en défaut, Irma se mettait à pleurer sur son sort. Elle s'émouvait alors de ses propres émotions rattachées à ces vieilles déchirures que le temps avait transformées en amertume. Edna ne se laissait pas attendrir, refusant de s'apitoyer sur sa propre existence. Pour elle, il s'agissait d'une question vitale. Oser pleurer, c'était prendre le risque d'être noyée définitivement dans le chagrin. L'alcool, à cet égard, demeurait un anesthésique efficace sans effets secondaires autres qu'un mal de tête occasionnel.

Elle se faisait un devoir de visiter sa belle-sœur. Elle achetait des vêtements et de la layette pour les petits, les berçait et aimait leur donner le bain. Mais elle redoutait de s'attacher par peur de ressentir le vide qui l'habitait. « T'as le tour avec les bébés », lui avait fait remarquer Rose-Aimée. Le compliment l'avait secouée. Ce soir-là, en revenant à la maison, elle avait pris la résolution d'espacer ses visites aux enfants.

Le scandale tant redouté se produisit lorsque Mme Desrosiers reçut un coup de fil de Rose-Aimée, affolée, qui lui annonçait l'arrestation de Roméo. La mère ressentit un déchirement au creux de la poitrine. Son champ de vision se brouilla. Elle luttait pour ne pas perdre connaissance. Elle respirait par saccades, les tempes lui battaient, mais elle réussit à se ressaisir. « Venez-vous-en à la maison avec les enfants. Prenez un taxi. Dépêchez-vous, puis calmez-vous. » Elle déposa le combiné. La sonnerie retentit de nouveau. C'était Arthur, qui n'appelait jamais à la maison. « Le nom de Roméo est dans les nouvelles à la radio. Y a fait un hold-up. Y

146

est en détention. » Il parlait à voix basse, de peur sans doute que son entourage ne l'entende. « Prends sur toi, mon garçon. On va faire face à la musique. » Mme Desrosiers raccrocha sans attendre de réponse. La malédiction publique qu'elle n'avait eu de cesse d'appréhender s'abattait sur elle. Elle nota un engourdissement de sa lèvre supérieure, la mordit jusqu'au sang, sans rien sentir. C'est alors qu'elle constata que son bras gauche ne lui obéissait plus. Elle s'allongea sur le divan, ferma les yeux. Le nom de sa famille écrit dans le journal… comment survivre à pareil déshonneur ! « Bonne sainte Anne, venez me chercher », supplia-t-elle. Aucun deuil, aucune misère, aucun découragement ne l'avait atteinte avec cette violence. Le nom de son mari, cet homme honnête et intègre, traîné dans la boue ! Le bon Dieu lui avait envoyé tous ces enfants, trop d'enfants. Roméo était le seul qui échappait à son emprise. Les autres avaient peur d'elle, et cette peur les maintenait dans le droit chemin.

Elle entendit monter les escaliers en courant puis le bruit de la clé dans la porte. Maurice apparut, le visage bouffi, les yeux injectés de sang. « Tais-toi, cria-t-elle avant qu'il ne déverse sa rage. Va me chercher un verre d'eau et une aspirine. » Il fixa le bras de sa mère retombé vers le sol et se mit à trembler. « La mère, vous êtes en train de paralyser, j'appelle l'ambulance. » Comme pétrifié, il ne pouvait détacher ses yeux de ce bras devenu immobile. Il remarqua aussi une légère altération de la bouche. « J'vas le tuer, le chien », marmonna-t-il. « Blasphème pas, mon garçon. Le bon Dieu t'entend. »

147

On diagnostiqua un léger accident cérébro-vasculaire. Le clan défila au chevet de la mère. Gloria annonça qu'elle allait quitter la province pour plusieurs mois, incapable qu'elle était de vivre sous le regard méprisant de tous ceux qui savaient. Irma se réjouit de s'appeler Mme Rochon, moins de gens pourraient ainsi l'associer à leur ignoble frère, et Edna assura que personne ne pouvait être déclaré coupable par association. Leur frère était un petit bandit incapable de faire un vrai hold-up puisqu'il s'était présenté à la caisse d'un snack-bar, un revolver-jouet dissimulé dans sa poche. Il avait récolté quinze dollars, s'était enfui à pied et un passant, alerté par les cris du marchand, l'avait fait trébucher d'un croc-en-jambe. Un crime minable pour un voleur minable, en avait conclu Edna. « Les riches nous volent, pis y ont pas leur nom dans le journal », dit-elle à sa mère afin d'atténuer leur honte. Edna méprisait son frère moins pour ce hold-up que pour la peine de leur mère.

Roméo séjourna en prison près d'un an, le juge ayant tenu compte des circonstances atténuantes à savoir l'ébriété, l'absence d'armes à feu, la grossesse de sa femme et le témoignage du coupable. « Ma honte n'a d'égale que ma peine d'avoir fait subir à mon épouse et à ma famille la cruauté du regard des autres. Je suis coupable, monsieur le juge, punissez-moi. Je m'incline devant votre jugement. » La vie de Roméo ne serait désormais qu'une succession de mises en scène ratées et les sœurs tenteraient d'éviter d'en être des protagonistes.

19

Éloi suppliait Gloria de l'épouser mais celle-ci faisait la sourde oreille. « Sois pas si pressé », répétait-elle, sachant en son for intérieur que jamais elle ne convolerait en justes noces. Parfois, il lui laissait entendre que sa patience pourrait avoir des limites, ce à quoi elle rétorquait toujours : « Si je compte tant à tes yeux, tu peux m'attendre. » Il s'inclinait, elle redoublait de gentillesse avec lui dans l'intimité mais, en public, elle continuait de jouer la distante. Son amie Rose, déesse de la prescience, lui tirait les cartes et y voyait régulièrement un homme qui partait avec une dame de pique. « Y a une vache qui te joue dans le dos. Regarde, disait-elle en pointant le roi de cœur, y est collé à elle. » Gloria vantait à tous ses amis les dons de voyante de Rose mais restait imperméable à ses prédictions. Surtout quand il s'agissait d'Éloi. En compagnie de ses sœurs, elle s'abandonnait parfois à des confidences sur l'intimité de leur couple. « Y a des moyens de faire monter un homme au ciel. Quand y est rendu là, y peut plus s'en passer, y veut jamais redescendre. » Ça les faisait s'écrouler de rire mais Irma, nostalgique du temps béni de son grand Jos, estimait que Gloria ignorait toutes les sublimes cochonneries qu'on pouvait faire à deux. Irma se considérait la reine du sexe. Une reine désormais déchue. Elle disait à Gloria : « Avec Éloi, c'est facile de l'exciter. T'as juste à lui mettre la main dans l'entrejambe. Ça demande pas un diplôme ! »

Si rupture il y avait avec Éloi, c'est elle qui en prendrait l'initiative. Les rares fois où ce dernier s'était mis en colère et avait claqué la porte, il était réapparu dix minutes plus tard avec un cadeau dans les mains. Non, Gloria ne doutait pas d'elle-même et n'éprouvait pour son soupirant qu'un attachement lié à l'habitude et au confort. C'était bien pratique d'avoir à ses pieds ce serviteur que lui enviaient ses amies. À vrai dire, être enviée lui procurait un plaisir plus vif que celui d'avoir cet homme-là dans sa vie.

Un midi, Éloi se présenta à la manufacture où travaillait Gloria. Il l'avait parfois accompagnée jusqu'à la porte de l'immeuble situé au centre-ville mais jamais il ne s'était aventuré au sixième étage à l'atelier où Gloria s'échinait à repasser des robes, un fer à vapeur de six livres au bout du bras. Mme Goldstein vint l'informer qu'un M. Fortin demandait à la voir. Il s'agissait d'une entorse au règlement car les travailleuses n'avaient pas le droit de recevoir de visites. Gloria, grâce à sa relation particulière avec ses « bourgeois », échappait à cette règle. D'abord trop surprise, elle ne fit pas le lien entre

M. Fortin et Éloi. Puis elle aperçut, au fond de l'atelier, sa silhouette familière. Il marchait de long en large. Elle essuya son front humide du revers de la manche et la colère monta en elle. Que venait faire cet énergumène dans l'atelier délabré qu'elle cachait à tout le monde ? Éloi l'aperçut, voulut s'avancer mais la brusquerie du geste de Gloria pour l'empêcher de se rapprocher l'immobilisa. Pour rien au monde, elle ne voulait que les ouvrières découvrent Éloi. Sa vie privée était sacrée. Elle le dévisagea et constata que comme à son habitude, lorsqu'une chose l'énervait, sa lèvre inférieure tremblait. « Qu'est-ce que tu m'veux ? » demanda-t-elle à voix basse, d'un ton courroucé. « Prends ton après-midi, j'ai une grande nouvelle à t'apprendre. » « Es-tu fou, répondit-elle, j'peux pas partir. C'est défendu. » « On s'en va en Italie. J'ai gagné un voyage. On va à Rome, à Venise, à Naples. Tout est payé. » Éloi guettait une réaction qui ne venait pas. « C'est pour ça que t'es venu me déranger au milieu de la journée ? » L'idée de partir au bout du monde, de traverser l'océan, d'aller en pèlerinage, lui semblait ahurissante. Éloi la regardait, stupéfait. « Voyons, ma belle noire, souffla-t-il, t'as l'air fâché. J'comprends pas. » « Viens me chercher à cinq heures, on en reparlera. » Il se raidit : « Dis-moi oui ou tu ne me reverras plus. » Elle l'observa fixement. Si elle refusait, elle était convaincue qu'il ne reviendrait jamais. « C'est oui, mais... » « Y a pas de mais », trancha-t-il. Et il la quitta sans dire au revoir. L'après-midi, l'Italie occupa ses pensées. Elle irait, ne serait-ce que pour montrer à tout le monde que chez les Desrosiers on avait de la classe, on voyait grand et on était de bons catholiques. Ce dernier point, central, justifierait qu'elle parte seule avec un homme sans être mariée. Pour rassurer sa mère, elle insisterait sur le fait qu'il s'agissait d'un voyage réunissant des pèlerins du Canada et des États-Unis. Ils partiraient de New York et, à l'arrivée à Naples, une messe solennelle serait célébrée dans la cathédrale. Mme Desrosiers ne pouvait refuser à sa fille de mettre les pieds au cœur de l'Église catholique. Gloria rapporterait une bénédiction papale, précieux atout pour obtenir l'adhésion de sa mère.

Le soir, elle annonça la nouvelle à ses sœurs avant de retrouver Éloi. Irma, ravie, se voyait déjà en train de se vanter d'avoir une sœur en voyage en Europe. Elle insista pour que Gloria recommande leur frère Roméo sur la place Saint-Pierre le dimanche quand le pape bénirait les fidèles. Edna la félicita de faire le pèlerinage mais l'imaginait plutôt dans sa chambre d'hôtel, à faire monter Éloi au ciel, agenouillée devant lui, ou à la terrasse des restaurants à s'empiffrer de spaghettis, italiens à cent pour cent. Prudente, elle garda cependant pour elle ces pensées malicieuses.

Les fins de semaine par beau temps, Edna invitait Irma et son mari à des promenades en auto. Les sœurs préparaient des sandwichs et les hommes mettaient la bière sur la glace. Émilien racontait ses dernières lectures, récitait des poèmes de Victor Hugo, « Mil huit cent onze.

Au temps où des peuples sans nombre, attendaient pros-
ternés sous un nuage sombre que le ciel eût dit oui... »
Émilien s'était pris d'une passion pour Napoléon et son
fils l'Aiglon. Edna l'écoutait parler de ces personnages
historiques et cela l'impressionnait. « On dirait que tu
nous parles de tes voisins. » Émilien riait, flatté qu'Edna
saisisse si justement la familiarité qu'il éprouvait pour
Napoléon, ce grand parmi les grands Français. « T'es ben
chanceuse, Irma, de vivre avec un homme qui connaît
tant de célébrités », disait Edna à sa sœur. Mais elle
distribuait les compliments avec parcimonie en présence
d'Ubald si prompt à la jalousie.

Ces balades comprenaient plusieurs étapes dans des
bars où l'on faisait le plein. Émilien demeurait souvent
dans la voiture à lire, semblant ignorer qu'arrêt après
arrêt Ubald riait sans raison apparente et les sœurs haus-
saient le ton. Elles avaient le don de trouver des sujets
de discorde et l'aventure se terminait souvent par des
engueulades qui ravissaient Ubald et dépitaient Émilien.
Les sœurs s'affrontaient sur la religion et les batailles
syndicales de l'époque, Edna accusait Irma de voir des
communistes partout. « Tu te laisses laver le cerveau par
les sermons du haut de la chaire. T'es pas capable de
penser par toi-même. C'est pas vrai que les syndicats
vont faire sauter la province. Y veulent juste aider les
travailleurs exploités. T'es rendue du bord de Duplessis,
ma foi du bon Dieu ! » « Chus pas de son bord mais si
Duplessis dit qu'y neige quand y neige, vas-tu dire que
c'est un menteur ? Y dit que les syndicats vont nous faire

perdre nos jobs et là-dessus, j'y donne raison », répliquait Irma. « Tu travailles pus, t'as donc rien à dire », ajoutait Edna qui reprochait à sa sœur d'avoir quitté son emploi pour se tourner les pouces à la maison. Elle lui en voulait aussi d'avoir critiqué la loi sur le vote des femmes dix ans plus tôt, Irma considérant que la majorité étaient trop niaiseuses et trop soumises à leurs maris pour voter de façon éclairée. Irma s'excluait bien sûr de cette majorité et Edna l'accusait de mépriser les femmes pour plaire aux hommes. Elle jugeait enfin qu'Irma, à l'instar de Gloria, avait une bien faible opinion d'eux et que les deux sœurs n'avaient qu'un objectif : les transformer en chiens de poche. Mais là encore, elle gardait ses opinions pour elle, sachant les limites à ne pas franchir afin de maintenir les liens qui l'unissaient à ses sœurs. Car Edna n'avait pas d'amies, pas plus qu'elle n'en avait eu dans son enfance. Les enfants craignaient déjà ses excès. Comme ces coups pendables qui lui valaient des punitions si sévères. Ce jour, par exemple, où elle était entrée dans l'église, s'était emparée de l'aube et de l'étole du prêtre dénichées dans la sacristie. Installée dans le confessionnal, elle avait ensuite confessé ses camarades jusqu'à ce que le curé, passant par là, la découvre. Ses compagnes de travail redoutaient toujours son sens de la repartie dont elles évitaient d'être les cibles et elles appréhendaient son tempérament belliqueux et irascible. Car Edna n'arrivait pas à contrôler le bouillonnement permanent qui l'habitait et la coupait du reste du monde. Ubald était la seule personne à ne pas la craindre, il vivait même la violence de sa femme comme une distraction et un privilège qui pimentait sa vie et lui donnait un sens.

Le voyage de Gloria en Italie devint, avec le temps, l'un des mythes fondateurs du trio Desrosiers. Les deux sœurs laissées à quai se métamorphosèrent en intrépides voyageuses, chacune s'appropriant le voyage sans que l'on puisse deviner qu'elles ne l'avaient pas effectué. Edna mettait l'accent sur la vétusté des équipements sanitaires, sur l'omniprésence de la mafia dont plusieurs membres, assurait-elle, appartenaient à la famille d'Al Capone. Selon elle, les canaux de Venise étaient « ben beaux mais ben puants » et elle insistait avant tout sur le fait que les Italiens buvaient à tous les repas du vin qui ne coûtait presque rien. Quant à Irma, elle soulignait avec un sourire enjôleur l'audace des hommes, « de vrais maquereaux, ben habillés qui déshabillent les femmes juste par la façon de les regarder ». Elle décrivait l'atmosphère de Naples, une ville sale où tout le monde gueulait et où les femmes, toutes de noir vêtues, portaient le deuil depuis la guerre. Gloria raconta si souvent son voyage que personne ne savait plus départager la réalité de l'imaginaire. Elle avait avant tout apprécié le pays pour les restaurants et les cafés. Quant au Vatican, elle répétait que ça n'était pas « marchable », car trop vaste et trop de peintures de saints l'avait lassée. Elle déplorait que son groupe comprît un nombre exagéré de dévots qui assistaient à trois messes consécutives. Elle avait rapporté des bénédictions papales pour chaque membre de la famille et un calendrier en italien pour sa mère à qui elle avait offert en plus une paire de gants en chevreau.

Dans la vie de Gloria, il y eut l'avant et l'après-Italie. Jusqu'à la fin de sa vie, elle émaillait sa conversation de références à ce voyage. « Quand j'étais en Europe », disait-elle, laissant supposer qu'aucun des pays du Vieux Continent n'avait de secret pour elle. Quant à Éloi, elle s'était rendu compte que les veuves du groupe de l'Année sainte lui trouvaient des qualités indicibles qui lui échappaient. Elle l'avait donc traité avec les égards dus à sa popularité évidente. Il avait adoré sa belle noire et en avait conclu que les voyages la révélaient telle qu'en elle-même. Gloria se vantait d'avoir été gâtée comme une princesse par son chevalier servant. Elle revint à Montréal avec une croix en or de dix-huit carats, achetée à Rome, un sac à main en cuir de cinquante dollars, souvenir de Venise, et une bague surmontée d'un rubis gros comme un petit pois dénichée à Naples et dont elle ignorait le prix. Éloi savait mettre la main dans sa poche. Pour une vieille fille, qu'espérer de plus ? disait-elle en riant. Rose lui tira les cartes. La dame de pique s'était éloignée du roi de cœur. « Tu peux respirer, ma noire », l'assura son amie.

20

Vint la télévision. Tous les dimanches à l'église, les fidèles se faisaient mettre en garde contre cette technique de faux progrès, une menace à la moralité publique et un danger pour la survie de la race canadienne française catholique. Si bien que le jour où Maurice et Arthur proposèrent à leur mère de louer un appareil à la maison, elle s'y opposa fermement. « Y aura pas d'impies, pis de danseurs de ballet indécents dans mon salon. » Mais les frères insistèrent et jurèrent sur l'évangile que leur mère prendrait plaisir à voir les matchs de hockey le samedi soir. « On sortira pus, vous allez être contente », dit Arthur. Cet argument emporta la défiance de Mme Desrosiers et la famille put se vanter d'être une des premières de la rue à louer un appareil. La télévision ramena Edna et Irma chez leur mère quelques soirs par semaine jusqu'au jour où l'une et l'autre, se serrant la ceinture, achetèrent la mythique boîte à images. Un samedi soir où tous les membres étaient réunis dans l'attente du match, fut présenté un intermède au cours duquel apparurent des Africaines, la poitrine nue, dansant de façon endiablée. Mme Desrosiers poussa un cri de mort, se rua sur le téléviseur et ferma le bouton. Les protestations, ponctuées par des rires tonitruants, ne vinrent pas à bout de sa détermination et, ce soir-là, l'écran demeura noir. Mme Desrosiers voulut même annuler l'abonnement mensuel mais Gloria réussit, après quelques jours, à la raisonner. « On n'est pu des enfants, on a le nombril sec, pis on n'arrête pas le progrès. » « Des tout-nus, si c'est ça le progrès, j'en veux pas dans ma maison », répliqua Mme Desrosiers. « Y en aura pus, vous le savez bien. » De fait, ces images avaient provoqué un tel tollé dans les milieux bien-pensants que la compagnie de rediffusion avait dû s'excuser auprès du public. Chez les Desrosiers, on réouvrit donc l'appareil pour ne plus jamais l'éteindre. La province bougeait, les campagnards envahissaient les villes et les sœurs avaient trop d'expérience de vie, mais également trop de choses à cacher pour se ranger dans le camp des arriérés, des ignorants et des saintes-nitouches. Pas question pour autant d'abandonner la religion et de cesser d'aller à l'église même si Edna n'arrivait plus à obliger Ubald à s'y rendre. Elle lui trouva comme excuse, face à sa mère, du travail au garage le dimanche matin. Elle appelait cela « mentir pour la bonne cause ». Un nouveau déménagement à l'extrême nord de la ville vint mettre un peu d'action dans leur vie de couple. Avec leurs économies, M. et Mme Ubald Trépanier devinrent les heureux propriétaires d'un modeste bungalow tout neuf. « Tu vas t'ennuyer à mourir, dit Irma. Ces maisons-là sont toutes cordées comme dans un camp de l'armée. » « C'est le rêve d'Ubald, répondit Edna. Pis chus tannée de nos chicanes. En étant plus loin, on va s'apprécier plus. » « T'es ben bête, répliqua Irma. J'espère que tu vas le regretter amèrement. » « J'ai la télé, ça passe le temps. Pis on a le char », précisa Edna. Irma devinait que sa sœur lui cachait l'essentiel. Ubald, plus possessif que jamais, l'éloignait de ceux qu'elle aimait. Irma ignorait alors qu'il avait aussi exigé que sa femme quitte son emploi, trop éloigné, prétendait-il, de leur nouvelle demeure.

À l'insu d'Irma, Émilien s'achetait des livres qu'après lecture il empilait derrière des outils dans un débarras situé sur la galerie arrière. Ça lui arrachait le cœur de les laisser s'humidifier l'hiver, mais pour aucune considération il n'aurait avoué à sa femme que la moitié de son argent de poche servait à ce plaisir secret. Il s'acharnait à reconnaître à sa femme des qualités dont il se savait privé, à commencer par le sens de l'épargne. Émilien se croyait incapable d'assurer leur avenir matériel de telle sorte qu'il réalise un jour ce rêve fou de visiter en France les villes phares des impressionnistes qui le touchaient tant. Il passait des heures dans les rares librairies où l'on vendait des ouvrages sur la peinture, à s'émouvoir des reproductions de Manet, de Berthe Morisot, mais son peintre de prédilection demeurait Monet. Quand il en parlait, les larmes lui venaient aux yeux. Un jour, Irma voulut en avoir le cœur net et accepta d'accompagner

Émilien, tout excité à l'idée de lui faire découvrir ces chefs-d'œuvre. En découvrant *La Baigneuse s'essuyant la jambe*, le sang d'Irma ne fit qu'un tour. Ainsi donc, son « tata » de mari prétextait un intérêt pour la peinture alors qu'il cherchait simplement à se rincer l'œil. Après le souper où il avait dû se contenter d'un sandwich aux tomates à la place du poulet rôti qu'il aimait, Irma alla se coucher. « Es-tu malade ? » demanda Émilien. « J'digère pas », répondit-elle. Cette nuit-là, elle revécut les nuits torrides avec son grand Jos et au matin, courbaturée de désirs inassouvis, elle décida qu'elle n'allait pas passer le reste de sa vie comme une religieuse cloîtrée, mariée à Dieu. Elle préférait vivre en état de péché mortel que d'avoir le corps démangé de désir. Le premier homme à son goût qui se présentait, elle en ferait son affaire.

Edna vantait sa nouvelle vie avec tant d'insistance qu'Irma et Gloria en déduisirent que le pire s'annonçait. « L'oisiveté est la mère de tous les vices », assura Gloria. « Qui a dit ça ? » demanda Irma. « T'es ben épaisse ! Tu te souviens pas de tes cours de religion ? » répondit Gloria. « On en a trop eu », rétorqua Irma. Cette dernière s'inquiétait de cette vie éloignée et solitaire d'Edna, qui ne savait pas conduire. Ubald s'opposait à ce qu'elle suive des cours. Irma se faisait donc un devoir de lui rendre visite une fois par semaine. Elle achetait la sainte bouteille à la Commission des liqueurs, la remballait dans le sac d'un grand magasin afin que personne dans l'autobus ne devine ce qu'elle transportait et, la plupart du temps, trouvait sa sœur un verre à la main. « T'es déjà réchauffée ? » lui disait-elle. « Si ça t'dérange, retourne chez vous. » Irma disait : « Voyons donc, Edna, j'suis venue pour toi. » Elles plaçaient la bouteille au centre de la table et Irma notait que sa sœur buvait deux fois plus vite qu'elle. À cette époque, Edna s'enflammait pour les luttes sociales mais lorsqu'elle atteignait le fond de la bouteille, inévitablement, elle dissertait à n'en plus finir sur le massacre des juifs par les nazis. « Je m'en veux à mort d'avoir découvert cette écœuranterie-là y a seulement deux ans quand j'ai lu un article dans le *Time*, en allant aux États. Y a pas une journée où j'pense pas aux Cohen. » « Mets-toi pas dans la tête des affaires déprimantes comme ça », disait Irma. « Quoi ! criait Edna. Tout le monde se ferme la gueule, moi la première. On est tous des chiens. » « Tu devrais te coucher, disait sa sœur, t'as les nerfs à bout. » Irma se levait, rajustait sa coiffure, se remettait du rouge à lèvres et repartait, plus grise que saoule. Parfois, Edna sortait du fond d'une armoire une autre bouteille mais Irma l'accompagnait rarement, considérant plutôt que c'était pour elle l'indication du départ. « J'vas aller faire manger mon pitou », disait-elle. « C'est ça, sacre ton camp », lui lançait Edna. Irma partait et Edna demeurait assise en se parlant à haute voix en yiddish ou en anglais. Quand Ubald entrait vers six heures, la table était dressée, la bouteille escamotée et Edna buvait du café.

Les sorties de Mme Desrosiers se limitaient à faire les courses, à se rendre à l'église et à visiter la famille de Roméo. Rose-Aimée lui faisait pitié. Ses petits-enfants, Anne et Jean-Baptiste, auxquels s'était ajouté Louis-Georges, mangeaient à peine à leur faim et quand elle arrivait, les bras chargés, ils applaudissaient en criant « Grand-maman, des bonbons ». Elle avait augmenté le montant de la pension de Gloria, d'Arthur et de Maurice sans leur révéler que le surplus contribuait à faire vivre la famille de leur frère. Ce dernier dilapidait les chèques du gouvernement qui lui parvenaient chaque mois dans les clubs de nuit et en vêtements. Car Roméo ne portait que des costumes taillés sur mesure. Rose-Aimée ne le critiquait jamais et ne se plaignait guère, sauf de ses maux de ventre permanents. Mme Desrosiers ne la questionnait pas. Elle visitait sa belle-fille le jour, évitant une rencontre avec son fils pour lequel elle éprouvait un sentiment qui commençait à ressembler à du mépris. Toute cette misère dont il était l'auteur détachait la mère du fils. Il lui arrivait aussi de se poser des questions sur Maurice et Arthur, ces hommes célibataires, sans blondes apparentes, sur Gloria fuyant le mariage, sur Edna et Irma, stériles toutes deux. Or Roméo, le seul avec une famille normale, était un irresponsable et un fourbe. Mme Desrosiers ressentait une culpabilité qu'elle ne nommait pas. Elle parlait plutôt de la fatigue qui ne la quittait guère, se plaignait de ressentir de la lourdeur dans les jambes et de ses nerfs à vif qui la faisaient sursauter au moindre bruit. Elle disait d'elle-même parfois : « J'suis une vieille jument qu'on a trop fait labourer », et elle riait. Edna semait l'inquiétude chez ses sœurs par ses prédictions. « La mère va casser sec, un jour. » Irma, la plus superstitieuse, la faisait taire. « On n'appelle pas le malheur. » Gloria ajoutait : « C'est moi qui vis avec elle. Je la connais mieux que vous autres. La mère est pas tuable. À va toutes nous enterrer. » Edna assurait à Irma que leur égoïste de sœur avait de telles pensées parce qu'elle traitait leur mère comme une servante. « La mère lave ses petites culottes, repasse ses blouses, torche la toilette. » Irma disait : « C'est la mère qui veut ça. À l'aime dire qu'est le boss dans sa maison. » « Mais notre mère, c'est une esclave à bien y penser », ajoutait Edna. « Répète ça devant elle si t'en as le courage », disait Irma. « Vous êtes tous une bande d'aveugles. Vous voyez rien venir », lançait Edna. « Pis toi, t'es un prophète de malheur. Tout ce qui t'intéresse dans la vie, c'est ce qui marche pas », répliquait Irma. « Mange de la marde », concluait Edna. Quand ce genre d'échanges se déroulait chez elle, elle mettait Irma à la porte. Si Edna était en visite chez Irma, elle quittait précipitamment en faisant tomber des chaises ou des bibelots.

Louis-Philippe, qui avait disparu pendant quelques années depuis que son travail l'avait entraîné dans le Grand Nord de la Province, revint à Montréal. Il s'installa dans un luxueux appartement de l'ouest de la ville et s'acheta une Bentley importée d'Angleterre, avec conduite à gauche. Il prétendait avoir laissé des descendants à moitié esquimaux sur les bancs enneigés de la baie d'Hudson mais Edna était sceptique. Quand elle s'en ouvrit à Gloria, celle-ci estima au contraire qu'un homme comme lui, flirtant avec le communisme, n'ayant jamais mis les pieds à l'église depuis sa communion solennelle, ayant fréquenté tous les bordels de la Terre, était un être sans morale et sans respect humain. « Y a bon cœur », dit Edna. « Tu dis ça parce qu'y paye vos saouleries. On dirait qu'y aime ça voir le monde couché en dessous des tables. C'est un maniaque. Y rêve de l'Apocalypse. » « Y te fait peur, ma grande foi du bon Dieu », dit Edna. « Oui, y me fait peur, je l'admets. Et si j'étais toi, je me méfierais. » « De quoi ? » demanda Edna soudain soucieuse. « J'le sais pas, j'ai un pressentiment, c'est tout. »

Le dimanche, Ubald conduisait Edna à l'église, et l'attendait dans l'auto. « J'y crois pas à toutes ces simagrées », disait-il. « Si tu meurs, tu vas y entrer malgré toi, prévenait Edna. Pas question de faire un enterrement comme si t'étais un animal avec un trou dans la terre, pis bye, bye. » Ça faisait rire Ubald. « Tu feras ce que tu voudras avec mon corps. Mais j'veux pas un cercueil de deux cents piastres. Une boîte de bois, quatre poignées, un couvercle, ça sera correct. J'peux même le bâtir, pour t'éviter un tracas. » Edna grimaçait, poussait de hauts cris et Ubald répétait : « Une boîte de bois, quatre poignées, un couvercle, point final. » Irma, à qui Edna rapporta l'échange, s'étonna de leur sens de l'humour. « On rit pas avec la mort », dit-elle. « La vie, ça te fait rire, toi ? » demanda sa sœur.

Edna s'était entichée du chat des voisins et l'après-midi, après s'être assurée que la voisine ne la voyait pas, elle le faisait entrer et lui versait un bol de lait. Elle l'asseyait sur ses genoux et se berçait en le caressant. « T'es de bonne humeur aujourd'hui, disait-elle. T'as été sans cœur hier, t'es pas venu me voir. T'as préféré la grosse chatte noire des Poirier. J'ai des p'tites nouvelles, mon garçon. À te trompe avec le matou gris-bleu du coin de la rue. » Ça durait quelquefois jusqu'à l'arrivée d'Ubald qui la surprenait en compagnie du chat qu'elle n'avait pas eu le temps de renvoyer chez ses maîtres. « C'te maudit chat-là, mets ça dehors. Y est plein de puces », gueulait-il. « C'est pas vrai. Pis si tu veux qu'y soit propre, on a juste à s'en trouver un. » « Pas question », répondait Ubald. Après quelques semaines, Edna se rendit seule à la SPA et adopta un chaton qu'elle choisit à cause de sa vigueur et de sa rage de sortir de la cage. Son pelage noir strié de blanc rappelait la moufette. Le soir, Ubald en entrant s'écria : « Ça sent la pisse de chat. Ce maudit-là est encore dans ma maison. » « C'est notr'maison, pis le chat est à moi. Si ça fait pas ton affaire, déménage. » Il la regarda, elle avait son regard mauvais des bons jours, il aperçut la touffe de poils, s'agenouilla pour le caresser et Edna s'écria : « Tu y touches pas sans ma permission. » Il sourit faiblement et dit : « Sors la bouteille. » « Y en a pus », répondit-elle. Il s'avança, ouvrit l'armoire à balais, se pencha et retira de derrière la vadrouille, savamment déposée pour le camoufler, un quarante onces de vin Canadian Bright. « Ça s'appelle comment, ça ? » demanda-t-il en tenant la bouteille à bout de bras vers la figure de sa femme. « Du jus de raisin », dit-elle. Ce soir-là, une fois la bouteille calée, ils se couchèrent avec le chat roulé en boule au-dessus de la tête d'Ubald.

21

La télévision avait retenu les frères à la maison le temps de la nouveauté. Durant les fins de semaine ils recommencèrent à s'absenter. Où allaient-ils ? La mère ne le demandait pas, elle constatait seulement qu'ils rentraient ivres. De son canapé-lit, rien ne lui échappait. Le dimanche matin, elle cognait à leurs portes dès sept heures trente. « Levez-vous, criait-elle, la messe vous attend. » « Encore une heure », suppliait Arthur. « Faut que tu prennes ton bain, mon garçon. Ça sent la bière même à travers la porte. » Il grommelait, riait, et elle menaçait de le tirer en bas du lit. Elle s'éloignait une fois assurée qu'il était debout. Maurice, plus docile et surtout moins farceur, réagissait dès l'instant où elle frappait. « OK, j'me lève », lançait-il. Mme Desrosiers estimait que la guerre avait discipliné son fils, une bonne chose à ses yeux. Les frères quittaient la maison ensemble mais revenaient séparément. Leur mère ne glissait jamais de remarque, pas de : « À quelle messe êtes-vous allés ? » Il suffisait qu'ils soient sortis le temps que durait la messe pour la satisfaire. En fait, si elle ne doutait pas de la dévotion de Maurice, elle suspectait Arthur d'impiété. Ses fils avaient dépassé la quarantaine mais, vivant sous son toit, ils devaient se soumettre à sa loi. Quant à Gloria, il existait entre la mère et la fille une entente tacite. Elle découchait les vendredis et samedis mais téléphonait chaque jour pour prendre des nouvelles de la maison tout en sachant que sa mère ne l'informerait de rien avant son retour le dimanche midi. Mme Desrosiers savait Éloi un homme d'Église et comptait sur son influence pour maintenir sa fille à l'intérieur des limites de la décence. De fait, elle aurait donné le bon Dieu sans confession à Éloi mais à aucun de ses enfants. « Ce qu'on sait pas nous fait pas mal », répétait-elle quand le doute s'emparait de son esprit. Car elle doutait de ses enfants comme elle doutait de Dieu, ce Dieu d'amour, selon les prédicateurs, qui l'avait oubliée si souvent au cours de sa vie. Mais Mme Desrosiers était à ce point contrainte qu'elle s'interdisait de faire monter à sa propre conscience des pensées si peu chrétiennes. Elle regrettait aussi le déménagement d'Edna à l'autre bout de la ville qui la privait trop souvent de sa présence autour de la table dominicale. Edna créait de l'ambiance. Sans elle, l'atmosphère s'alourdissait. Gloria harcelait constamment Maurice. « Tu ressembles à un prisonnier avec ta chemise rayée », disait-elle. « Faites-la taire », ordonnait Maurice à sa mère. « Fais attention, ajoutait Gloria, tu vas renverser le chaudron. Tu le tiens pas du bon côté. » « Ta gueule », criait Maurice pendant qu'Arthur rigolait dans son coin, sans mot dire. Irma, voulant temporiser, rassurait Maurice : « Je l'aime, moi, ta chemise. Ça fait distingué. Hein, Émilien ? » Ce dernier, sollicité, répondait : « Tous les goûts sont dans la nature. » Gloria rajoutait : « Tu vois, Maurice, Émilien est trop poli pour te le dire mais y pense comme moi. » « C'est mal interpréter mes paroles », précisait Émilien, mal à l'aise. Maurice finissait par quitter la table et l'on entendait la porte d'entrée claquer. « Vas-tu finir par le lâcher ? disait la mère à Gloria. T'es une vraie teigne avec lui. » Gloria haussait les épaules. « Depuis qu'y est revenu de la guerre, y s'enrage pour rien. » Lorsque Edna était présente, elle ajoutait des remarques du genre : « Toi, t'es toujours enragée sans l'avoir faite, la guerre. » Ça ravissait sa mère au point où quelquefois elle sortait de sa cachette une bouteille de porto. Elle offrait un verre à chacun. Edna était sûre que sa mère l'offrait à la cantonade pour la récompenser, elle, sans savoir l'importance qu'avait pris l'alcool dans la vie de sa fille.

Un soir, après le travail, Gloria trouva la maison vide. Jamais sa mère ne s'absentait avant le souper. Elle téléphona à Irma qui ignorait où se trouvait leur mère, puis à Edna. « Y a dû arriver une chose grave », commenta cette dernière. Arthur et Maurice tournaient en rond dans la maison. Arthur dit : « Faudrait peut-être préparer à manger ? » « Comment peux-tu avoir de l'appétit quand on sait pas où est la mère ? » répliqua Gloria. « À va arriver. Arrêtez de vous faire du mauvais sang », déclara Maurice, incapable lui-même de contrôler son anxiété.

À huit heures, la sonnerie du téléphone retentit. Roméo, le ton vaseux, annonça que sa femme avait été transportée à l'hôpital à la suite d'une hémorragie. Il était à son chevet et leur mère s'était rendue à son logement pour s'occuper des enfants. « J'ai oublié de vous appeler plus tôt. J'suis trop sur les nerfs », dit-il à Gloria. « Pis nous autres, on l'est pas, tu penses. Ça fait quatre heures qu'on la cherche. » « Tu pourrais me demander des nouvelles de Rose-Aimée », dit Roméo. « C'est quoi son hémorragie ? » « J'peux pas en parler », répondit-il. « Tu l'as encore partie pour la famille, mon écœurant », hurla Gloria qui raccrocha sans attendre de réponse. Les frères la regardaient. « Maudit rat », lança Gloria. Arthur et Maurice, visiblement soulagés de savoir leur mère sans danger, demeurèrent muets.

Edna prit la relève de sa mère auprès des enfants. Ubald avait eu beau protester, Edna n'en avait cure. Son mari se révélait un vrai sans-cœur et cela l'attristait davantage. « Qu'est-ce que j'vas faire sans toi ? » avait-il demandé. « T'as trente-neuf ans, les enfants ont quatre, sept et huit ans. Pis ma mère est fatiguée. » À court d'arguments, Ubald s'était tu. Personne n'avait pensé à faire appel à Irma, incapable de s'occuper des autres. Quant à Gloria, pas question de perdre des jours de salaire pour jouer à la gardienne d'enfants. Lorsque le verdict médical tomba, les Desrosiers apprirent que Rose-Aimée n'allait pas survivre à cette boucherie qu'elle avait pratiquée sur elle-même à l'aide de broches à tricoter. Mme Desrosiers décida de s'installer chez son fils avec Edna et les deux femmes s'accommodèrent de la vétusté des lieux et de la lâcheté de Roméo qui, sous prétexte d'avoir le cœur brisé, rentrait saoul chaque nuit.

Un mois plus tard, Rose-Aimée s'éteignit. Sa famille, qui avait rompu tout lien avec elle depuis son mariage, réapparut au salon funéraire. Ce fut l'occasion d'un affrontement sanglant devant le cercueil entre Roméo et ses beaux-frères. À la tristesse infinie de Mme Desrosiers s'ajoutèrent la honte, encore une fois, et le sentiment d'un sacrilège à la mémoire de cette Rose-Aimée qui avait eu le malheur de se trouver sur la route de son fils qu'elle reniait désormais. Ce revirement, elle allait le payer de sa propre vie. Et Edna fut la seule à le comprendre.

Qu'allait-on faire des enfants ? L'incapacité de Roméo à s'en occuper faisait l'unanimité dans la famille. Mme Desrosiers espérait qu'Edna proposerait d'en recueillir au moins un mais Ubald refusa même d'en discuter. « Un enfant, c'est pas un chat. Faut s'en occuper jour et nuit durant des années. Pour accepter ça, faut qu'y soit à nous autres. » « On pourrait l'adopter », dit Edna. « Jamais. Ton frère viendrait nous le voler. » L'idée que ses neveux soient placés dans un orphelinat rendait Edna malade. Elle avait un faible pour Jean-Baptiste, un garçon vivant, affectueux, imaginatif qui lui sautait au cou en disant « Ma tante Edna, fais la folle pour me faire rire ». Mais elle avait aussi une peur bleue d'être une mère inadéquate, en lui transmettant cette fureur qu'elle contrôlait si mal. Et malgré sa combativité, elle ne sentait pas la force de briser la résistance d'Ubald. Allait-elle casser son mariage pour un enfant que ce frère instable, impulsif et sans morale pourrait lui reprendre ?

Lorsque Mme Desrosiers présenta comme un fait accompli qu'un de ses petits-enfants vivrait avec eux, la terre trembla dans le logement familial. Maurice annonça qu'il quitterait la maison. Arthur assura qu'il n'avait pas d'objection à condition que l'enfant soit mis en pension avec une seule sortie chaque trimestre et Gloria hurla qu'elle n'était pas responsable des enfants que son frère avait mis au monde sans lui demander la permission. Contrairement à son habitude, leur mère les écouta sans réagir. Lorsque tous les trois se calmèrent, elle dit simplement : « J'vous ai assez entendus. » Elle mit son chapeau et quitta la maison. Son seul refuge était l'église, mais une fois à l'intérieur, elle fut incapable de prier. Ses petits-enfants allaient se retrouver à l'orphelinat. Si le bon Dieu laissait faire pareille chose, c'est qu'il n'existait pas. Mme Desrosiers sentit le sol se dérober sous ses pieds.

Buvant le calice jusqu'à la lie, elle les accompagna à l'orphelinat avec leur père. Anne, l'aînée, trahissait sa peine par sa pâleur, Jean-Baptiste ravalait ses larmes et Louis-Georges, apercevant les balançoires à l'extérieur, réclama d'aller jouer dans la cour. Il n'y eut ni scènes de déchirement, ni cris, ni attendrissements. Deux religieuses prirent les enfants par la main et les amenèrent vers leur dortoir. En sortant, Roméo dit à sa mère : « Y vont être traités comme des p'tits princes. Ça m'enlève une épine du pied. » « Mon garçon, tu reviendras voir ta mère quand t'auras fait un homme de toi. D'ici là, j'veux pus te voir la face. » Roméo tenta de la retenir par le bras en criant : « Voyons, la mère, j'suis votre garçon. Vous pouvez pas me renier. » Mme Desrosiers s'immobilisa, le prit par le col en le serrant comme si elle allait l'étrangler et ce qu'il lut dans le regard de sa mère le tétanisa. Elle lâcha prise et s'engagea sur le trottoir en martelant le ciment de ses talons.

Irma avait été écartée de la discussion familiale au sujet des enfants. Elle en était vexée mais n'aurait pas eu l'outrecuidance de s'en plaindre, compte tenu qu'elle n'avait jamais envisagé l'éventualité de recueillir un de ses neveux. Quand Émilien s'était informé de leur sort, elle lui avait répondu que les orphelinats existaient pour ce genre de cas. « Y vont être mieux traités là qu'y l'ont jamais été depuis qu'y sont nés. » Émilien n'avait pas insisté. D'abord parce que l'argument lui paraissait valable et surtout parce qu'il n'imaginait pas la présence d'un enfant dans leur foyer. Le destin avait décidé qu'Irma était stérile et il s'inclinait devant cette fatalité. Comment, d'ailleurs, aurait-il pu concilier d'éventuels voyages en France, son rêve, avec les entraves que représentait un enfant ?

On évita dorénavant toute référence aux enfants. La grand-mère leur rendait visite une fois par mois, la plupart du temps avec Edna qui le cachait à son mari. Entre les sœurs, le sujet demeurait tabou. Personne n'allait se vanter de ce douloureux épisode. Arthur croisait parfois Roméo dans les bouges que tous deux fréquentaient et ce dernier s'informait de leur mère. « Je ramasse mon argent avec l'intention de me louer un grand logement pis de reprendre les enfants », disait-il à chaque rencontre. Puis il sortait de sa poche un rouleau de billets verts. « J'ai décroché le job. Tu devrais venir travailler avec moi. » Arthur haussait les épaules et s'éloignait de lui. « Salue la mère », insistait Roméo. « Tu peux être sûr », répliquait Arthur. S'il fréquentait tous les endroits malfamés de la ville, couchait avec des prostituées et n'aurait pas détesté être souteneur, face à son frère il s'estimait d'une autre classe.

Une nuit, il entendit un râle suivi d'un bruit sourd. Il se leva en vitesse, ouvrit la porte de sa chambre et vit sa mère par terre. Gloria surgit au même instant en poussant des cris de mort. Maurice, hagard, s'agenouilla auprès d'elle. « Appelez la police ! » « Dépêchez-vous, calvaire, a va mourir ! » Arthur composa le zéro et courut vers sa chambre. Il fouilla dans un tiroir, sortit un treize onces de brandy, en avala le quart et revint vers le salon. Gloria suppliait : « Partez pas, la mère ! Partez pas ! » Maurice lui tenait la main et tremblait de tous ses membres. On sonna. À la vue des ambulanciers, Gloria poussa un nouveau cri qui glaça ses frères.

22

Hémiplégie. La famille n'eut plus que ce nouveau mot
à la bouche. Quand Maurice visitait sa mère à l'hôpital,
il s'approchait, lui frôlait la main sans la garder dans la
sienne comme si c'était interdit et il disait : « J'viens vous
voir mais je dois aller travailler. » Elle bougeait vaguement la tête. C'était le signe qu'il attendait pour s'en
aller. Arthur, lui, ne s'approchait pas du lit. En entrant
dans la chambre, il se raclait la gorge, disait : « C'est
Arthur, la mère. » Il regardait au-dessus de sa tête, n'osant
poser ses yeux sur le corps étendu mais attendait un
mouvement lui indiquant qu'elle était consciente de sa
présence. Il demeurait de longues minutes le dos appuyé
au mur du fond de la pièce, incapable de parler. Parfois,
il disait : « Y pleut » ou « Y fait soleil » ou « L'hiver va
être long », puis « J'vas aller fumer une cigarette ». Il
approchait du pied du lit et sa main tâtonnait, cherchant
à toucher une partie du corps. Il sortait, lançant d'une
voix plus forte : « Je reviens tout de suite » et il s'enfuyait.
Gloria arrivait les bras chargés, s'assurait de la propreté

de la chambre, embrassait sa mère sur la joue du côté
paralysé comme si ce baiser allait favoriser le retour de
la sensibilité. Elle disait : « Vous avez l'air mieux
aujourd'hui, la mère. » Puis elle s'affairait à changer l'eau
de la carafe, à vérifier si personne n'avait fouillé dans le
tiroir de la table de chevet où elle avait déposé des savons
de toilette, une pince à épiler, une brosse à cheveux et
l'alliance de sa mère. Elle renouvelait l'eau des fleurs
qu'elle apportait régulièrement, puis elle s'asseyait dans
le fauteuil près du lit. « Vous m'entendez, la mère ? »
demandait-elle. Mme Desrosiers bougeait et parfois tentait d'articuler des mots. Gloria disait : « Fatiguez-vous
pas. Vous avez besoin de prendre des forces. » Mais
quand elle parlait de la sorte, les larmes lui montaient
aux yeux et sa gorge se nouait. Alors, la plupart du temps,
elle s'abstenait. Elle ne restait jamais plus d'une heure,
l'odeur mélangée des désinfectants, des fleurs et du corps
de sa mère lui levait le cœur. Elle l'embrassait de nouveau, toujours sur la même joue, lui caressait les cheveux
et disait : « Je reviens demain. » Elle ne revenait jamais
que le surlendemain.

Irma se rendait à l'hôpital en dehors des heures de
visite. Quand un gardien s'interposait, elle se faisait passer pour une patiente, une infirmière visitant une com-
pagne, et parfois elle jouait tout simplement de son
charme. Elle pénétrait dans la chambre et engageait la
conversation avec le membre du personnel qui pouvait
s'y trouver. Elle estimait qu'elle devait entretenir de bonnes relations avec le personnel soignant afin que sa mère

soit traitée aux petits soins. Elle se donnait comme mission de rapporter à sa mère les faits et gestes des uns et des autres. « La cousine Laure a téléphoné pour prendre de vos nouvelles. J'vous dis que ça prie pour votre guérison dans la famille. » Sa mère haussait le sourcil, s'agitait et laissait sortir des sons gutturaux qu'Irma interprétait à ses sœurs comme étant un début de retour à la normale. « J'ai le tour de la faire parler », leur disait-elle. Elle était à ce point intarissable que sa mère fermait les paupières et lui indiquait de la main qu'elle pouvait se retirer. « Chaque fois que je viens vous faites des progrès. Vous m'encouragez. » Irma l'embrassait sur sa main intacte car l'haleine fétide de sa mère la dégoûtait et l'effrayait à la fois.

Edna, que la mort et la maladie paniquaient depuis toujours, savait que seul l'alcool calmait ses appréhensions à l'idée d'entrer dans l'hôpital. Mais elle ne pouvait y recourir sans se sentir perfide. Elle limitait donc à deux fois par semaine ses visites qui exigeaient d'elle un effort surhumain. Lorsqu'elle ouvrait la porte de la chambre de sa mère, elle se métamorphosait. « Vous embellissez », disait-elle. « Faut croire que vous aviez besoin de repos, la maladie a du bon. » Elle s'approchait et caressait longuement le visage de la malade en lui murmurant des mots tendres qu'elle n'avait jamais prononcés de toute sa vie. « Mon Dieu, que vous avez de beaux cheveux. On dirait de la soie. Vot'peau est aussi douce que les fesses d'un bébé. Une vraie face de jeune fille. » Mme Desrosiers se laissait faire et de grosses larmes coulaient sur ses joues. « Pleurez, la mère, ça fait du bien. Ça enlève de la pression. Vous avez paralysé parce que vous gardiez tout en dedans. Voulez-vous que je vous peigne ? Y me semble que vous seriez plus belle encore. » Elle sortait la brosse du tiroir et, avec une douceur infinie, lui caressait le crâne. Puis elle lui racontait qu'Arthur ou Maurice maigrissait à vue d'œil en mangeant la nourriture que leur cuisinait Gloria, décrivait les dernières frasques de son chat coureur de chattes qu'elle comparait à Arthur. « J'trouve les babines du chat semblables aux siennes. » Mme Desrosiers serrait alors la main d'Edna du peu de force qu'elle avait. Mère et fille communiaient d'une même émotion et leurs larmes se mêlaient dans un étrange bonheur.

Aucun enfant n'osait demander à leur mère si Roméo venait la visiter. Pour eux, prononcer son prénom, c'était nommer la cause de l'hémiplégie. Il pénétra dans sa chambre un mois plus tard et Mme Desrosiers détourna la tête en l'apercevant. Il s'approcha et lui saisit la main sans s'apercevoir qu'il s'agissait du côté paralysé. « Je sais que vous me pardonnez, la mère. J'ai été un bon à rien mais c'est pas de votre faute. Y a toujours un mouton noir dans une famille. J'me reprends en main et vous allez voir que j'vas finir par vous faire honneur. J'ai pas toujours été un bon père non plus mais je m'améliore. J'aime mes enfants. Pis j'ai du respect pour vous. Vous m'avez toujours compris. J'ai pas été à la hauteur de votre confiance. » Mme Desrosiers ne bronchait pas mais elle le regardait fixement. « Regardez-moi pas comme ça, la mère, j'me sens mal. » Elle ne détourna pas les yeux. Il ajouta : « C'est peut-être mieux que je parte, je veux pas vous fatiguer. Je reviendrai », dit-il. Il hésita puis se pencha vers elle et ses lèvres frôlèrent sa tempe. Elle sut alors qu'il avait bu. Il réapparut un jour alors que Maurice était dans la chambre. Les frères se dévisagèrent et Roméo s'éclipsa.

Mme Desrosiers retrouva peu à peu la parole. Elle s'inquiétait de sa maisonnée et surtout des frais occasionnés. Avait-elle assez d'argent pour payer cette chambre privée où on l'avait transportée après son séjour à l'hôpital ? Gloria répondait : « Quant y aura pus d'argent, y en aura encore. » Mais c'était un mensonge et déjà Arthur et Irma avaient soulevé des objections à ce qu'on installe leur mère dans une chambre à un lit. Irma prétendait que la présence d'une autre malade changerait les idées de sa mère. Quant à Arthur, plus transparent, il invoquait le coût d'une hospitalisation longue durée. Car les médecins étaient formels : jamais Mme Desrosiers ne retrouverait sa mobilité. De plus, ses pertes de mémoire, ses moments de confusion alors qu'elle se croyait petite fille sur la ferme, ne disparaîtraient pas et risquaient de s'accentuer.

Chacun visitait sa mère à tour de rôle. Par une espèce de pudeur, aucun enfant ne souhaitait de témoin à la relation entre sa mère et lui. Gloria jouait aux cartes avec elle, Irma lui lisait les titres des journaux et lui racontait l'évolution de l'intrigue des téléromans, Arthur et Maurice commentaient la température, donnaient les résultats des parties de hockey et attendaient que leur mère leur signifie qu'ils pouvaient se retirer, « J'suis fatiguée, mon garçon » étant la phrase qu'ils espéraient dès leur entrée dans la chambre. Edna distrayait sa mère en décrivant la vie quotidienne d'Arthur, de Maurice et de Gloria. « Gloria a renversé de l'eau de Javel sur trois chemises de Maurice. J'vous dis que la bataille s'est déclarée vite. » Mme Desrosiers riait à en pleurer, ce qui encourageait Edna. « En faisant le lit d'Arthur, Gloria a trouvé deux saucisses crues entre les draps. Quand il rentre saoul le samedi soir, y a faim, je suppose, mais y ose pas les faire cuire pour pas réveiller les deux autres. » « Ça m'est arrivé de trouver une chop de porc, pis du fromage dans son lit », disait sa mère. Plus elle s'amusait, plus Edna était diserte et plus elle inventait, mais toujours dans les limites du vraisemblable pour que Mme Desrosiers rie davantage. Certains jours cependant, en mettant les pieds dans la chambre, elle devinait son découragement. Ces jours-là, elle redoublait d'énergie pour la faire rire. Une fois sur deux, elle réussissait. Roméo réapparut trois fois en un an, après s'être assuré auprès du poste de garde qu'aucun membre de la famille ne se trouvait dans la chambre. Il palabrait sur son thème favori. Il amassait un magot, louerait bientôt un grand logement, engagerait une gardienne pour les enfants. Il faisait de l'argent comme de l'eau. « Regardez, la mère », disait-il en sortant de sa poche une liasse de billets. Il ouvrait le tiroir de la table de chevet et déposait un dix dollars. « Garde ça pour tes enfants. J'en ai pas besoin. » « Non, non, insistait-il, c'est un cadeau. Vous vous ferez acheter du chocolat par Gloria. » « J'en veux pas », criait-elle tout en tentant de sa main valide de retirer le billet du tiroir. « Calmez-vous, la mère, j'vais le reprendre mais je veux que vous sachiez que vous me faites de la peine. »

« J'voudrais mourir au mois de juillet », déclara-t-elle un jour à Edna. « Taisez-vous, la mère. Ça va mieux depuis un mois, le docteur vous a dit qu'y contrôle votre urémie. » On était en mai et Edna venait d'achever la récitation du chapelet en sa compagnie. « Mourir le 26, le jour de la fête de la bonne sainte Anne, ce serait ça ma dernière volonté, poursuivit-elle. Une fois que j'vais être partie, j'ai ben peur que Gloria et Maurice mettent Arthur dehors. J'y pense tous les jours et ça me tourmente. » « C'est pus des enfants », dit Edna. Mme Desrosiers s'empara de la main de sa fille. « Contredis-moi pas, ma p'tite fille. »

Elle mourut la veille de la fête de sa chère sainte Anne. Roméo était à son chevet. Il annonça la nouvelle à Edna, la seule à qui il pouvait téléphoner. Quand elle décrocha, elle n'entendit que des pleurs étouffés. « Qui parle ? » cria-t-elle. « C'est Roméo, la mère vient de mourir. J'suis avec elle. Qu'est-ce que je fais ? » « Attends-moi. » Edna raccrocha. Sa respiration s'accéléra, les étouffements s'annonçaient. Elle sortit en courant sur la galerie et se mit à crier : « La mère est morte. La mère est morte », avant de perdre conscience. Quand elle rouvrit les yeux, sa voisine, agenouillée au-dessus d'elle, lui tapotait la joue. « Reprenez vos sens, madame Trépanier. » « J'ai perdu ma mère. Est morte, est morte ! » se lamentait-elle.

La voisine l'aida à se relever et Edna lui assura qu'elle irait mieux. Elle rentra chez elle, se dirigea vers l'armoire à balais, s'empara d'une bouteille de gin et se servit une rasade, puis une deuxième, puis une troisième. Elle appela Irma et, avant que celle-ci hurle, elle raccrocha. Sa mère n'était plus là pour la voir, elle finit la bouteille, la lança contre le mur et s'effondra sur le plancher.

Durant les trois jours d'exposition dans le salon funéraire, Roméo tenta vainement de venir s'agenouiller devant sa mère. Sauf Edna, tous les membres de la famille lui barraient l'entrée du salon. Il demeurait dans le fumoir attenant. Maurice obligeait les visiteurs à réciter le chapelet toutes les demi-heures. Irma pleurait à longueur de journée et Edna se maintenait entre deux eaux à coups de verres de rouge qu'elle allait boire dans l'auto. Elle refusait d'approcher du cercueil. « Viens la regarder. On dirait qu'à dort. Est bien embaumée », disait Gloria. « Laissez-moi tranquille, répétait Edna. À sait que j'suis là. » Ubald ne lui était d'aucun secours ; il se contentait de lui offrir une cigarette de temps en temps. Maurice n'adressait pas la parole à Arthur qui se réfugiait dans les tavernes plutôt que de rentrer à la maison.

En revenant des funérailles, Maurice et Gloria lui annoncèrent qu'ils avaient l'intention de briser le bail. « Qu'est-ce qu'on va faire ? » demanda-t-il. « Tu fais ce que tu veux, c'est tes affaires. Mais Maurice et moi, on s'installe ensemble. » « Mes calvaires de chiens », leur lança Arthur.

23

Chacun vécut le deuil à sa façon, Gloria se rendit deux semaines plus tard à Old Orchard Beach dans le Maine avec Éloi, Rose et quelques amis. Ils louèrent une modeste maison à quelques minutes de l'océan mais passèrent le plus clair de leurs journées enfermés, à jouer aux cartes. Personne ne s'aventura dans la mer car personne ne savait nager ; Gloria marcha cependant sur le sable afin d'adoucir ses cors aux pieds. Elle fut odieuse avec Éloi. Rien de ce qu'il disait ou faisait ne trouvait grâce à ses yeux. « Écoute, la noire, j'comprends que t'es dans une passe difficile mais c'est pas la faute de cet homme-là. Y se sent tellement mal qu'y en bégaye », lui dit Rose. « Qu'y parte si y est pas content. J'm'en fiche comme de l'an quarante », répondit Gloria. « Tu vas le regretter, ma noire. Tu viens de perdre ta mère, c'est pas le temps de lâcher Éloi. » Ce dernier, en désespoir de cause, confia à Rose qu'il comptait rentrer à Montréal par autobus. « Tu y penses pas, ça va te prendre dix heures. Pis surtout, Gloria va être tout à l'envers. Tu vois

183

bien qu'à s'appartient pus. C'est une pauvre orpheline. »
Éloi consentit à rester et, ce soir-là, Gloria alla l'embrasser dans sa chambre avant de s'endormir. Car devant ses
amis, aussi peu scrupuleux fussent-ils, jamais il n'aurait
été question de partager le même lit qu'Éloi.

Maurice avait été scandalisé en apprenant le départ de
sa sœur pour Old Orchard. « Le corps de la mère est
encore chaud, pis tu vas te promener toute nue sur la
plage. T'as pas de cœur. » « Si t'es pour me traiter comme
ça, tu vas vivre tout seul. J'ai pas de comptes à te rendre
et t'as pas à me faire la morale. » Après cette engueulade,
il avait quitté la maison en claquant les portes et, le soir,
était revenu complètement ivre avec une boîte de chocolats aux cerises. Il avait ouvert la porte de la chambre
de sa sœur et lancé la boîte de cinq livres sur le lit.
Réveillée en sursaut, elle avait voulu le faire sortir mais
il s'était effondré en larmes. « Fais pas ton enfant », avait-
elle dit sur un ton où se mêlaient l'agacement et le
trouble. Il chercha à l'embrasser trop près des lèvres et
elle le repoussa mais sans colère. « Tu sais pus ce que tu
fais. Va te coucher », murmura-t-elle en pensant à Arthur
qui ronflait dans l'autre pièce.

Ce dernier ne décolérait pas et loua rapidement une
chambre près des abattoirs. Il maudissait son frère et sa
sœur et cette colère dominait tout autre sentiment. La
mère morte, la famille éclatait et il ne comptait désormais
que sur ses compagnons de taverne et sur les rares femmes avec qui il couchait pour lui apporter quelque plaisir
dans sa maudite vie. Il achetait l'amitié des uns et des

autres en échange de rôtis de bœuf et de côtes de porc. Quand il pénétrait dans les bars et les tavernes qui lui étaient familiers, il se trouvait toujours des gens pour l'inviter à leurs tables. « Viens t'asseoir, Arthur » était la phrase qu'il attendait comme d'autres espèrent des « Je t'aime ». Les tavernes étaient réservées aux hommes et les soirs où il choisissait plutôt les bars indiquaient son désir de « décharger sa morve ». Parfois il se vantait à ses compagnons de faire le tour du chapeau au lit, en une heure comme Maurice Richard, l'idole absolue du Canadien de Montréal qui marquait parfois trois buts dans un seul match. Edna fut la seule à qui il donna sa nouvelle adresse et son téléphone. Il exigea qu'elle jure sur sa conscience de ne jamais les transmettre aux deux « saletés » qui s'étaient débarrassées de lui.

Edna ne dormait plus, de peur d'étouffer dans son sommeil. C'était sa hantise. La filiation asthmatique avec son père semblait par ailleurs la consoler de cette maladie héréditaire. Ubald l'entraînait toutes les fins de semaine dans des balades en auto qui se résumaient à des étapes dans des bars où les spectacles des chanteurs country la plongeaient dans l'abattement. L'ivresse l'amenait jusqu'à monter sur scène pour chanter avec la vedette locale ces chansons où partir rime avec mourir et tristesse avec détresse. Ubald, aussi démuni qu'elle était désespérée, comptait sur le temps pour arranger les choses.

Irma se réfugia dans le magasinage. Elle sortait chaque jour et revenait avec quelques objets, souvent inutiles et parfois dispendieux. Quand Edna se plaignait de ne pouvoir la joindre au téléphone, elle répondait que ces sorties quotidiennes valaient mieux qu'avaler des calmants ou abuser de la boisson forte. « J'espère que tu me vises pas », disait Edna. « Ben voyons, tu bois pas tout le temps. Pis les pilules que tu prends, c'est pour pas engraisser, y me semble », répliquait Irma. Car Edna, obsédée par sa ligne, prenait sans savoir qu'il s'agissait d'amphétamines des pilules roses qui lui ôtaient l'appétit. « J'ai pas le moyen de renouveler ma garde-robe », pré-textait-elle lorsque ses sœurs estimaient qu'elle y allait fort sur les pilules. De fait, elle ne mangeait pas le midi mais se gardait bien de l'avouer, le soir, quand Ubald lui reprochait de picorer dans son assiette. Elle s'inventait alors des repas gargantuesques avalés au dîner. « Pour souper, je mange comme un oiseau. Tu le sais, mon loup. » Et son loup ne cherchait pas à vérifier la véracité de ses propos.

Émilien perdit sa mère quelques mois après la mort de Mme Desrosiers. Chaque soir, après le repas, il quittait la maison, il avait besoin, disait-il, de s'aérer l'esprit. Il revenait une heure plus tard et se plongeait dans un livre. Irma aurait souhaité qu'il regarde la télévision à ses côtés comme tous les couples normaux, mais il ne cédait pas. À vrai dire, il résistait de plus en plus aux desiderata de sa femme. Il prétexta le deuil pour éviter de se laisser faire l'amour par elle car il avait cessé toute initiative en la matière. Pourtant, en tant que fervent croyant, il esti-mait de son devoir conjugal d'accepter ces rapides sou-bresauts de la chair. Mais les demandes d'Irma allaient en s'espaçant et, bizarrement, c'était toujours en pleine nuit, comme si son désir participait d'un rêve.

Quant à Roméo, il fit de nouveau les manchettes des journaux après avoir été arrêté pour fraudes et recels. Edna ne fut pas surprise car au cours de ses rares visites, son frère lui avait proposé télés, tourne-disques ou balayeuses électriques à des prix dérisoires. La méfiance d'Edna lui avait fait refuser de telles aubaines. Sans compter qu'Ubald ignorait ces rencontres. Edna maintenait seule le lien avec ses neveux, elle se rendait à l'orphelinat chaque mois, les bras remplis de cadeaux. Plus elle les voyait, plus sa culpabilité augmentait mais, pour respecter les volontés de sa mère, elle assumait ce déchirement. Lorsque Roméo fut condamné à un an de prison, elle annonça aux enfants que leur père était parti travailler dans l'ouest du Canada. « Y pourrait nous écrire », lui dit Anne au cours d'une visite. « Y va m'envoyer les lettres pis j'vais vous les apporter. » Elle n'eut pas de difficulté à convaincre Émilien de composer de petites missives mais elle insista pour qu'il n'écrive pas comme dans les romans. « Mets-en pas trop. Juste assez pour qu'y soient contents », lui dit-elle. Elle s'autorisait encore une fois à mentir pour la bonne cause, sachant que leur père ne leur écrirait jamais.

Après le décès de leur mère, Edna et Irma s'étaient entendues pour recevoir à tour de rôle leur sœur et leur frère Maurice. Deux mois plus tard, Irma mit fin à ses invitations, ne pouvant plus supporter les disputes qui se déclenchaient entre Gloria, Maurice et Edna. C'était sans compter les fois où cette dernière, enivrée dès midi, se livrait en spectacle devant sa famille. « Voulez-vous voir le plus beau cul de la famille ? » criait-elle. Gloria hurlait : « Non, non, Edna ! » mais celle-ci avait déjà levé sa robe. Ubald, à moitié saoul, riait bruyamment tout en tentant de calmer sa femme. « Remonte tes culottes, on l'a vu, ton cul », disait-il mais on devinait qu'il prenait plaisir à voir Émilien se lever de table discrètement et quitter la pièce et à observer Maurice dont la réaction dépendait du degré d'alcool ingurgité. À jeun, il parais-sait dégoûté, scandalisé et quittait les lieux en criant : « Quelle écœuranterie ! Enfermez-la, est déchaînée ! » Mais saoul, il gloussait et regardait sa sœur avec des yeux qui transformaient Gloria en furie. Éloi détournait le regard en lui tapotant l'épaule pour la calmer. Sans résul-tat. « Toi, lâche-moi. J'vas pas la laisser nous faire passer pour une famille de cochons, pis de vicieux. » Edna, malgré son enivrement, savait confusément les limites à ne pas dépasser. Elle s'écriait : « OK, OK, j'arrête. C'était pour rire. » Elle s'approchait de Gloria mais celle-ci la repoussait. « Éloigne-toi de moi, maudite sorcière ! » Edna insistait pour l'embrasser. « J'ai juste une sœur comme toi », susurrait-elle. Les autres se détendaient, on recommençait à rire et Gloria résistait mal à ce rire com-municatif. Le repas se terminait dans une atmosphère fébrile où la moindre étincelle risquait d'embraser la pièce.

« On est même pus capables de se réunir. La mère doit se retourner dans son cercueil », dit Irma à Gloria un lendemain de repas plus qu'arrosé. « Edna est si intelligente quand elle a pas bu », ajouta Gloria. Les deux sœurs craignaient de devoir rompre avec elle. Elles répugnaient à cette idée, conscientes que, sans celle-ci, chacune y perdrait une part d'elle-même, et se sentirait bien seule. « Laisse-moi y parler quand à va être ben à jeun, dit Irma. Toi, t'es trop raide avec elle. » « Comment j'suis trop raide ? rétorqua Gloria. Si c'est moi que tu blâmes, j'te reverrai plus toi non plus. » « Si not' mère nous entendait nous chicaner comme des chipies », se lamentait Irma la modératrice. « Heureusement qu'on vote toutes du même bord », concluait Gloria. Et cette vérité soudaine les calmait.

Maurice Duplessis, le potentat local, gouvernait toujours la Province en s'appuyant sur le clergé et les campagnes. En mettant aussi de l'avant le nationalisme canadien français, il se battait contre le mouvement de centralisation du gouvernement d'Ottawa, se ralliant ainsi une partie de ses adversaires provinciaux. Aux yeux de la famille Desrosiers, Duplessis incarnait le passé, avec ses mythes : l'agriculture, l'obéissance et la docilité féminines. Les sœurs se décrivaient comme des progressistes, parlant anglais, connaissant les États-Unis, leurs chanteurs, leurs films et leurs acteurs. Elles se définissaient en tant que membres de la classe moyenne et auraient insulté quiconque les aurait placées dans la catégorie des prolétaires. La normalité et la moyenne étaient pour elles une obsession. Elles suivaient de loin en loin l'évolution politique de la Province, sachant que, peu importaient les bons coups du gouvernement, elles voteraient pour le renverser. Le parti libéral, celui des gens instruits, bien élevés, des gens des villes, qui voyageaient au-dehors, qui avaient de l'argent, de belles maisons et du goût, ce parti recevait leur adhésion aveugle.

Durant la campagne électorale de 1960, les Desrosiers ne se privèrent pas d'annoncer leur couleur en public. Il y avait du changement dans l'air et les sœurs incarnaient ce changement. Edna était devenue propriétaire, Irma s'apprêtait à acheter sa maison et Gloria avait convaincu Maurice de se porter acquéreur avec elle d'un duplex dont ils loueraient le rez-de-chaussée. « On veut pas se faire marcher sur la tête », avait répondu Gloria lorsque Irma s'était étonnée qu'ils n'occupent pas le rez-de-chaussée afin de profiter du sous-sol et de la cour arrière.

En juin 1960, le parti libéral fut porté au pouvoir à Québec avec le slogan « Il faut que ça change ». Ce soir-là, la famille Desrosiers s'était réunie chez Edna pour suivre les résultats à la télévision. Quand le verdict tomba, Gloria lança : « À soir, Edna, tu peux boire. T'as ma permission. » Cette victoire souda la famille durant quelques heures. Une famille dont Arthur et Roméo, bien que libéraux eux aussi, étaient désormais exclus.

24

Le manque d'ambition d'Émilien rendait Irma de plus en plus économe. Sans une promotion, le salaire de son mari n'augmenterait guère. Lui ne s'enflammait qu'en décrivant le voyage en France qu'ils effectueraient dans un avenir proche. Irma le laissait rêver. Dans son esprit, cette lubie ne se concrétiserait pas. « J'y dis pas, mais jamais au grand jamais, on va aller dépenser tout notre avoir en France. Y se pâme sur les paysages qu'on montre à la tévé. Pourquoi prendre l'avion ou le bateau pour aller au bout du monde voir ce qu'on voit dans notre salon chez nous ? » dit-elle à Edna un de ces après-midi d'hiver où elles se réchauffaient au petit gin. « Y est pas fou. Y doit bien se douter que t'es pas chaude, chaude à son projet. » « Voyons donc, répondit Irma, Émilien est comme un enfant, y est pas capable de coudre un bouton de culotte. Y est naïf, pis y pense qu'on est riches. » « L'aimes-tu ? » demanda Edna. « Lâche-moi avec ces niaiseries-là. C'est mon mari, c'est tout dit. » Irma croisait depuis quelques semaines le camionneur qui livrait le Coca-Cola au snack-bar du coin. La dernière fois, elle lui avait souri et ce dernier l'avait apostrophée : « Si j'étais votre mari, je laisserais pas une belle femme comme vous se promener toute seule. » « Mon mari peut dormir sur ses deux oreilles », avait-elle répliqué en éclatant de rire. Elle voulait parler à Edna de cet homme mais se méfiait de sa réaction. Elle craignait que sa sœur ne la trahisse une fois saoule. Pourtant elle aurait souhaité un conseil. Devait-elle accepter une invitation à boire un café ? Devait-elle attendre cet homme, un vrai à ses yeux, l'œil clair et le sourire déshabillant quand il se présentait au commerce chaque jeudi vers deux heures et demie ? Irma avait toujours été prudente avec les hommes. Il ne fallait rien brusquer avec eux. « Y a le camionneur de Coke qui me fait de l'œil depuis des semaines. Un maudit bel homme. Pis y a l'air en vie. » Edna la dévisagea. « Qu'est-ce que tu me caches, ma maudite ? » « Rien. J'parlais pour parler. » Mais Irma avait perçu une réticence dans la voix de sa sœur et cela la gênait. « Toi, t'as une idée derrière la tête, lui lança Edna. Fais ce que tu penses être bon pour toi. Tu pourras toujours t'en confesser plus tard. » « T'es ben fine, répondit Irma. Tu sais, c'est dur d'avoir un mari qui est comme un frère. » « C'est mieux que d'avoir un frère qui est comme un mari », répliqua Edna. « Qu'est-ce que tu veux dire, toi ? » s'inquiéta Irma. « Rien. Je disais ça pour faire un jeu de mots. » « Y a des mots avec lesquels on joue pas », conclut Irma, les joues en feu.

Ce soir-là, Émilien, surexcité, lui annonça qu'il partait pour Chicago au siège social de la compagnie. Le patron l'avait choisi parmi quatre employés émérites. Il s'agissait de suivre un cours intensif sur les nouvelles peintures. « J'vas t'acheter un bel habit neuf pour le voyage », dit Irma, enthousiasmée. Cette nouvelle lui redonnait espoir. Peut-être jugeait-elle trop sévèrement Émilien. Ne pas avoir envie de sexe n'empêchait pas d'être promu au travail, pensa-t-elle. Elle téléphona à Edna sur-le-champ pour lui annoncer l'événement. Personne dans la famille n'avait jamais voyagé pour affaires en dehors du pays. Edna, sa voix la trahissait, avait continué de boire après son départ. « Chicago ? La ville d'Al Capone. C'est tous des voleurs là-bas. » « OK, bonsoir », avait dit Irma, déçue de rater son effet. Puis elle composa le numéro de Gloria qui répondit après plusieurs sonneries. « J'te dérange ? » dit Irma. « Non, non. J'm'étais assoupie », précisa Gloria. « T'as l'air drôle, dit Irma. Tout est correct chez vous ? » « Oui, oui, pourquoi tu me poses cette question-là ? » demanda Gloria, s'efforçant de retrouver un ton normal. « J'le sais pas. » Irma, curieusement, n'avait plus envie de parler de Chicago. Mais à qui donc pouvait-elle communiquer sa fierté ? En désespoir de cause, elle se rabattit sur la sœur d'Émilien, la grosse Yvette. « Ça me surprend pas, répliqua cette dernière. On l'a toujours su que notre "bébé" irait loin. C'est un homme parfait. T'es gâtée, Irma, d'être avec lui. » Irma ne lui en demandait pas tant et elle raccrocha.

Le voyage à Chicago, trois nuits et deux jours à vrai dire, devint un événement à caractère universel. Irma en parlait partout : chez le boucher, à l'épicerie, à ses voisins, au facteur. Elle habilla Émilien de la tête aux pieds, comme pour son mariage. « Y faut t'arranger pour tomber dans l'œil des big boss américains. S'y t'trouvent à leur goût, les épais de Montréal vont être obligés de se grouiller et de te la donner, la promotion. » Émilien n'aimait pas la pression qu'exerçait sa femme sur lui mais il n'avait d'autre choix que d'écouter ses mises en garde, ses conseils et ses critiques à l'égard de ses patrons. Ce voyage devint pour lui un tel défi qu'avant même le départ son plaisir avait disparu. Jamais il ne serait à la hauteur de la tâche colossale d'avoir à séduire les big boss. Il se savait incapable de cette agressivité et se disait qu'Irma possédait davantage les qualités de bagarreuse nécessaires dans ces circonstances. S'il avait pu, il lui aurait volontiers cédé sa place.

De retour de la ville des Vents, il ne parla que des gratte-ciel, de la partie de hockey des Black Hawks contre les Canadiens de Montréal à laquelle on l'avait invité, et des crevettes géantes qu'il avait mangées dans un restaurant de fruits de mer. Il avait rapporté à Irma un ouvrage sur l'architecture moderne de la ville. « Ça me donne quoi de regarder des bâtisses que j'verrai jamais ? » dit-elle en guise de remerciement. Il lui offrit une bouteille de Southern Comfort qu'elle s'empressa de boire pour oublier sa déception. Car Émilien se montra incapable d'évaluer s'il avait fait bonne figure devant les Américains. « Ils ont été impressionnés par mes connaissances sur Mies van der Rohe », expliqua-t-il à Irma, ahurie par son ineffable mari. « Y t'ont pas payé un voyage pour aller parler de j'sais pas qui mais pour leur prouver que t'es certain que leurs maudites peintures sont les meilleures. » « Fais-moi confiance et sois un peu patiente », répliqua Émilien sans conviction.

Quelques semaines plus tard, ce dernier rentra du bureau, l'air dépité. « Qu'est-ce que t'as ? » questionna Irma. « Rien », répondit Émilien. Les jours suivants, il perdit l'appétit. « T'es malade, ma foi du bon Dieu, lui dit sa femme. On va aller chez le docteur. » « Je n'ai pas besoin de docteur. C'est le bureau. Je n'ai pas eu ma promotion. Ils l'ont donnée à un des types à qui ils avaient refusé le voyage à Chicago. Je ne peux plus rester là, c'est trop humiliant, je vais démissionner et me chercher du travail ailleurs. » « Es-tu tombé sur la tête ? Qu'est-ce qu'on va devenir, pas de salaire ? J'le savais aussi que t'avais fait un fou de toi à Chicago. Y s'en fichent de tes histoires d'architecte. Tout le monde s'en fiche. Sors de tes livres, c'est pas avec ça qu'on va mettre du steak dans notre assiette. » Irma ne se contrôlait plus. Elle criait, tournait autour de la table et finit par se diriger vers le meuble vitré contenant les précieux volumes de la collection Nelson. Elle ouvrit la porte, s'empara d'un livre et le lança sur un Émilien terrifié et sans voix. Elle le dévisagea dans l'attente d'une réaction qui ne venait pas. Alors elle retira un deuxième, puis un troisième ouvrage qu'elle projeta sur le mur. Rien n'y fit. Émilien demeurait paralysé. Elle recommença ses lancers jusqu'à ce qu'elle n'ait plus aucun livre à se mettre sous

la main. Émilien fondit en larmes. « Sacre ton camp »,
hurla-t-elle. Il obéit. Elle entendit ses pas dans l'escalier
et, à son tour, éclata en sanglots. Pour le reste de ses
jours, elle devrait supporter cet irresponsable qui ne la
touchait pas, vivait dans les nuages et se reposait sur elle
comme un bébé la bouche ouverte sur le sein de sa mère.
Elle se moucha bruyamment, ramassa les livres et replaça
les Jules Lemaître, Victor Hugo, Chateaubriand et Ana-
tole France sur les tablettes. Elle détestait ces noms qui
transformaient son mari en une sorte de Saint-Esprit
flottant au plafond. Condamnée, elle se voyait condamnée à vivre sur le qui-vive pour maintenir Émilien dans
la réalité, fût-ce à son corps défendant. Personne ne
devait savoir que la promotion dont elle s'était glorifiée
devant ses proches avait échappé à Émilien. L'avouer
signifiait reconnaître son propre échec. C'était au-dessus
de ses forces.

Émilien jongla avec l'idée de démissionner pendant
quelque temps encore mais fut incapable d'affronter sa
femme. Plier l'échine valait mieux que risquer la foudre
permanente car il n'était absolument pas question de
rompre le mariage. L'époque l'excluait, sauf pour les gens
prêts à se mettre au ban de la société. Il annonça donc
un soir à Irma qu'il demeurerait dans l'entreprise.
« Demain soir, j'te préparerai un beau macaroni au gratin
pis une tarte aux œufs. Tu fais un homme de toi. J'suis
ben contente. » Quelques mois plus tard, Émilien prétexta un mal de dos chronique qui rendait son sommeil
fragile pour exiger l'achat de deux lits simples en rem-

placement du lit commun. Irma absorba le choc d'autant plus facilement que le camionneur de Coke comblait ses désirs au Coconut Inn, un motel situé à l'extrémité est de la ville, certains après-midi. Elle s'en confessait. « Mon père, je m'accuse de mauvaises actions », soufflait-elle à l'oreille d'un vieux prêtre, à moitié sourd, assurée de la sorte qu'il ne demanderait pas de précisions, et ainsi elle continuait de communier chaque semaine aux côtés d'Émilien dont la piété avait crû de façon inversement proportionnelle aux besoins de la chair. Mais, au fond d'elle-même, trop humiliée de cette décision d'Émilien, Irma ne jubilait pas. Plus tard, lorsqu'il lui avoua qu'il aurait préféré entrer au monastère plutôt que se marier et que seul son sens des responsabilités l'empêchait de la quitter pour entrer chez les moines, Irma s'effondra. Et comme Edna, l'alcool devint sa principale consolation.

La Province était plongée dans l'effervescence des changements que les trois sœurs avaient souhaités mais le rythme de ces bouleversements les dérangeait. Irma et Gloria, peu dévotes pourtant, se sentaient bousculées. « J'comprends plus rien. On devait pas manger de viande le vendredi sous peine de péché mortel, pis là, c'est pus péché. On a été caves de se priver toute not'vie », disait Irma, la plus carnivore de la famille. Gloria, pour sa part, supportait mal l'anticléricalisme qui sévissait désormais. « Ça prend des baveux de barbus à lunettes pour cracher sur les prêtres, pis rire des religieuses. » Elle avait la nostalgie du couvent qu'elle avait failli fréquenter avant que sa mère ne la rapatrie aux États-Unis à l'âge de onze ans. L'abolition de la censure au cinéma la dérangeait aussi et la glorification du sexe la choquait. « On a pas voté pour que le cul devienne à la mode », disait-elle. Sa relation avec Éloi s'effilochait et son amie Rose la mettait en garde. « Y va te laisser un dimanche soir, pis tu le reverras pus. C'est le genre à disparaître. » Mais Gloria semblait indifférente à la menace, tout en sentant qu'elle devait éviter de le blesser davantage. Si elle ne se gênait pas pour le ridiculiser derrière son dos, elle s'abstenait désormais de le provoquer. La scène de rupture eut tout de même lieu au cours d'une soirée de cartes. Éloi surprit Gloria à tricher. Il sauta sur ses pieds, lança sa main à travers la table mais son bégaiement le rendit incapable de parler. Gloria ne put retenir un léger, très léger sourire qui n'échappa pas à Éloi. Et avant que personne ait eu le temps de s'interposer, il lui avait sauté à la gorge. Gloria tomba à la renverse pendant qu'Éloi, tel un pantin désarticulé, était maintenu de force par deux joueurs. Il leva les yeux vers elle et Gloria fut atterrée par ce qu'elle lut dans son regard.

Ce samedi soir-là, elle rentra à la maison. Maurice n'y était pas. Elle jeta un coup d'œil à l'horloge grand-mère, le seul cadeau que Mme Desrosiers s'était offert dans toute sa vie. Il était une heure trente du matin. Elle ressentit un pincement au cœur irrépressible.

25

Edna ne supportait plus de tourner en rond comme une lionne en cage et de laver les planchers et les murs pour passer le temps. Elle souhaitait retourner sur le marché du travail et Ubald s'y opposait, arguant que les manufactures et les usines n'étaient pas des lieux sains pour une femme. Quand elle proposa de devenir aide-malade, sa réaction fut violente. Il n'accepterait jamais qu'elle devienne une torcheuse d'hommes qui ne demandaient pas mieux que de se faire laver la queue par une femme. Edna continua d'insister et Ubald lui proposa plutôt d'acheter un snack-bar où ils travailleraient tous les deux. De toute façon, il souhaitait depuis longtemps devenir son propre patron. « On connaît rien dans les snack-bars, pis t'aimes pas parler au monde », lui fit remarquer Edna peu enthousiaste. « Tu sais faire des sandwichs, des hamburgers, des hot dogs, pis toi tu veux toujours en voir du monde », répondit-il. Edna se laissa peu à peu convaincre car sa vie lui offrait peu de choix. Elle pourrait discuter avec les clients, rencontrer d'autres êtres que son chat, ses sœurs, son mari et son beau-frère. Ce dernier, qui changeait de blonde comme de chemise, continuait de dénoncer avec virulence le clergé mis à mal par les tenants de la Révolution tranquille qui échauffait les esprits. Edna applaudissait à tous ces changements et avait même cessé d'aller à l'église le dimanche. « J'ai plus besoin de passer par une soutane pour parler au bon Dieu », disait-elle devant ses sœurs qui poussaient de hauts cris. « T'es devenue protestante. La mère aurait ben de la peine de savoir ça. Heureusement qu'est morte », s'écriait Irma. « C'est Louis-Philippe, le satanique, qui t'a corrompu le cerveau. Tu vas aller chez le diable, pis c'est pas moi qui vas prier pour toi », ajoutait Gloria. « Vous êtes deux maudits visages à deux faces. Si j'étais à votre place, je me fermerais la gueule. Regardez donc tous les prêtres qui défroquent, qui couchent d'un bord et de l'autre. C'est ceux-là qui, dans le confessionnal, nous assomment avec des pénitences et menacent de pas nous donner l'absolution. » « T'es-tu déjà accusée de trop boire ? » demandait Gloria. « Essaie pas de changer de sujet, espèce de fin-finaude. J'te parle pas de tes affaires personnelles, moi », lançait Edna. « Arrêtez ! » Irma craignait toujours les débordements d'Edna mais elle appréhendait par-dessus tout les échanges de sous-entendus entre ces deux-là. La rage de l'une et la brutalité de l'autre menaçaient l'existence même de leur trio. On aurait dit que l'ébullition de la société dans les années soixante débordait dans chacune de leurs vies.

Encore une fois Edna organisa un déménagement.

Ubald avait trouvé un snack-bar au-dessus duquel ils habiteraient. C'était dans un quartier de la ville où personne de leurs connaissances n'avait mis les pieds auparavant. « Y a ben des immigrants, dit Edna. On se pense dans un autre pays. Ça fait voyager pour pas cher. » Gloria, déjà réticente à l'idée folichonne d'Ubald, regretta qu'il n'ait pas choisi un quartier où Edna aurait pu côtoyer des juifs, ce qui leur aurait donné l'occasion de parler toutes les deux en yiddish.

Le couple découvrit rapidement que le commerce avait peu de clientèle. Les rares clients s'installaient pour l'après-midi devant un café et discouraient sur la température, les meurtres crapuleux, les téléromans et de plus en plus sur la politique. Ubald, incapable de cacher son indifférence, marmonnait des borborygmes alors qu'Edna se retenait pour ne pas les contredire ou leur chercher noise. Surtout lorsqu'il était question de l'émergence du mouvement séparatiste et des premiers méfaits du Front de libération du Québec. Ubald craignait les débordements terroristes mais plus encore les réactions de sa femme. « On parle pas devant les clients. As-tu envie qu'on fasse faillite ? » lui dit-il un jour où elle s'était aventurée à expliquer les motifs des jeunes qui avaient placé des bombes dans des boîtes aux lettres du quartier anglais. Ses explications apparaissant comme des justifications avaient choqué les clients. « J'suis contre la violence mais faut les comprendre, ces jeunes-là. Y veulent pas se faire écœurer comme nous autres. » « Écoutez-la pas, disait Ubald, ma femme aime ça provoquer. À pense rien de ce qu'à vous dit. » « Monsieur veut un hamburger relish, moutarde », lançait-il à Edna pour la ramener à plus de modération. « J'y fais, répliquait-elle tout en poursuivant son raisonnement. Les jeunes y se laisseront pas marcher sur les pieds. Une bombette dans une boîte aux lettres, ça tue personne. » « Attendez, ça va mal finir », disait un buveur de café.

Ubald de plus en plus taciturne, Edna compensait son silence en parlant pour deux. Les profits dérisoires ne leur permettaient pas de vivre correctement, Edna savait qu'Ubald regrettait sa décision, mais n'abordait jamais la question avec lui. Elle s'engourdissait avec le gin qu'elle versait dans un verre de Seven-up qui ne la quittait plus. L'agitation sociale alimentait ses conversations et les gestes les plus excessifs recevaient sa bénédiction. La mort d'un gardien de nuit, victime d'une explosion à la bombe revendiquée par le FLQ ne l'émut guère. « C'est un accident », conclut-elle, reprenant à son compte les explications des terroristes. Ubald sortait parfois de son mutisme pour l'engueuler mais il passait désormais la plupart de son temps enfermé dans leur appartement à broyer du noir. Quand les clients se faisaient plus nombreux, sa femme exigeait qu'il descende l'aider mais elle préférait de beaucoup rester seule pour débattre avec les habitués. Certains la faisaient volontairement grimper aux rideaux tandis que d'autres se portaient à sa défense et lui fournissaient même l'alcool qui l'électrifiait tant. « Tu vas nous mettre dans le trou avec la boisson forte. On n'a pas le droit d'en avoir, tu le sais », se plaignait

Ubald. « Qui va nous dénoncer ? répliquait-elle. Toi, peut-être ? »

Ses sœurs n'aimaient pas lui rendre visite dans son entresol qui dégageait une odeur de friture permanente et servait de plus en plus de refuge à quelques alcooliques qui apportaient leurs bouteilles dans des sacs de papier brun. Ubald avait cessé ses mises en garde et Edna ne se cachait même plus, la bouteille de gin trônant désormais à côté des gallons de relish et de moutarde. Dans le quartier, la rumeur selon laquelle Edna prenait le parti des terroristes s'était répandue et certains fréquentaient le snack-bar dans le seul but de la provoquer. Elle était devenue une attraction mais sans bénéfice pour le commerce car la plupart des clients se limitaient à commander un café. Lorsqu'elle fermait l'établissement vers onze heures le soir, Edna retrouvait Ubald affalé dans son lazy-boy, la plupart du temps trop saoul pour se rendre dans la chambre à coucher. Elle demeurait alors étonnamment calme, mettait la maison sous clé, faisait les comptes et emmenait Ubald vers leur lit. Au matin, celui-ci se remettait d'aplomb en avalant un œuf battu dans du rhum et Edna se rinçait le tuyau, comme elle disait, avec une once de gros gin De Kuyper. Et elle écoutait les informations dans l'espoir que ça explose dans les rues. Le jour où de Gaulle cria « Vive le Québec libre », la bataille éclata dans le snack-bar quand un fédéraliste osa dénoncer le « grand débile, maudit français ». Edna fut obligée de mettre tout le monde dehors pour éviter que la police n'intervienne. Elle avait cependant eu le temps d'asperger de vinaigre le « vendu » ayant insulté le général qui avait tout compris.

Deux policiers débarquèrent un après-midi dans l'établissement. Edna réussit à camoufler la flasque de gin et trois habitués qui se trouvaient sur place cachèrent la leur dans leur blouson. En fait, les policiers à la mine grave venaient annoncer à Edna la mort d'Arthur qui s'était effondré sur un quartier de bœuf à l'abattoir. « Crise cardiaque », dit le sergent. Edna dégrisa net. « On a trouvé votre numéro de téléphone dans son portefeuille mais on a préféré vous l'annoncer de vive voix », ajouta ce dernier d'un ton empathique. « Y a souffert ? » demanda Edna. « Il semble pas. Y a été foudroyé, selon les témoins. » « Y aimait tellement la viande. C'est quasiment une belle mort pour lui », dit Edna. Elle les remercia, informa les clients que le commerce fermait puis monta annoncer la nouvelle à Ubald. « Sa vie de chien est finie », dit ce dernier sans laisser paraître d'émotions particulières. « Mon frère est mort et c'est tout ce que tu as à dire ? » Ubald haussa les épaules et redevint silencieux. Edna, le choc disparu, constata qu'elle n'éprouvait pas de vraie peine. Arthur était un être fruste qui avait passé sa jeunesse à tripatouiller ses sœurs et qui traitait les femmes comme des moins-que-rien. Elle informa Irma qui éclata en sanglots. « Force-toi pas pour brailler, lui dit-elle, tu t'en fichais d'Arthur. » « C'est not'frère. On l'aimait ben un peu. » « C'est pas vrai. Pis tu sais pourquoi. » « T'as trop de mémoire », dit Irma.

« J'appelle Gloria, poursuivit Edna. Occupe-toi du salon funéraire, tu connais ma peur des morts. » « Qui va payer ? » demanda Irma. « C'est lui. Avec son compte de banque, j'imagine. » « Pis s'il a pas une cenne ? » s'enquérit Irma. « On se cotisera. On va pas le faire enterrer comme un chien. » « Compte pas sur moi pour payer son cercueil. De toute façon, je vais choisir le moins cher. » « C'est ça, achète quatre poignées qu'on accrochera après son corps, c'est ce que j'ferais si tu levais les pieds », répliqua Edna. Elle ne réussit à joindre Gloria que tard ce soir-là. Cette dernière, une fois l'effet de surprise passé, déclara que le cœur d'Arthur avait dû éclater à force de manger de la viande crue. « On va pas l'exposer trois jours. On lui connaît pas d'amis, qu'est-ce qu'on va faire tout ce temps-là, dans un salon mortuaire vide », poursuivit-elle. « T'es comme Irma, répliqua Edna, un vrai cœur de pierre. Vous l'haïssiez tellement toi et Maurice. » « Mêle pas les cartes, rétorqua Gloria. J'suis réaliste, c'est tout. »

Edna refusa d'aller vider l'appartement d'Arthur, un deux pièces rempli de bouteilles vides, de magazines de femmes nues et de statues de sainte Anne, la préférée de sa mère. Gloria et Irma trouvèrent un testament olographe rédigé en faveur d'Edna et les deux sœurs s'observèrent. « T'as envie de le déchirer, ma maudite », dit Gloria. « Es-tu malade ? Tu me prends pour une voleuse ? » répondit Irma. « Si j'étais pas avec toi, j'suis sûre que c'est ce que tu ferais », lança Gloria. « Tu m'insultes maudite méchante », répliqua Irma en se mettant à pleurer. Mais elle versait des larmes de déception. Dans les poches d'Edna et Ubald le petit magot d'Arthur ne ferait pas de vieux os, pensa-t-elle. Pour sa part, Gloria regrettait que les avoirs de son frère ne soient pas distribués à parts égales entre les sœurs et Maurice, oubliant qu'elle et ce dernier l'avaient proprement mis à la rue. Quant à Roméo, il ne méritait rien. Même pas qu'on le prévienne de la mort d'Arthur.

Edna eut le cœur serré en apprenant la nouvelle qui l'avantageait. Aussi infâme qu'il fût, Arthur l'avait préférée à tous les autres. Irma choisit un cercueil plus dispendieux en se disant que ça ferait moins d'argent dans les poches d'Ubald. Et elle tenta sans succès de tirer les vers du nez de sa sœur pour connaître le montant exact de son héritage. Quelques semaines plus tard, Edna et Ubald l'invitèrent avec Émilien pour une promenade à la campagne. Lorsqu'ils arrivèrent devant la maison d'Irma, celle-ci ravala sa salive. Sa sœur et son beau-frère triomphaient à bord d'une Chrysler noire, véritable limousine de riches. Edna souriait à Irma en la saluant de la main à la manière de la reine d'Angleterre. « Reste pas plantée sur ta galerie. Descends », lui cria-t-elle. « La baveuse », murmura Irma à l'oreille d'Émilien émerveillé.

L'héritage d'Edna rapprocha ses sœurs qui prirent leurs distances. Certains jours, l'héritière leur téléphonait, criait dans le combiné « Maudite jalouse » et raccrochait. Les sœurs ignoraient qu'Ubald avait flambé quinze des trente mille dollars d'Arthur et qu'Edna avait réussi à placer le reste dans des obligations d'épargne dont elle était l'unique détentrice. Ubald passait désormais une partie de sa journée à surveiller son auto stationnée dans la rue devant chez lui, de peur que des vandales l'égratignent ou, pire, tentent de la lui voler. Le commerce continuait de péricliter et l'intention d'Edna était de le mettre en vente et d'acheter un bungalow dans une banlieue de Montréal, loin de ses sœurs envieuses et moralisatrices. En fait, elle voulait boire sans témoin, cultiver un potager et renvoyer son mari sur le marché du travail. Elle fulminait de le voir au volant de la Chrysler en stationnement de longues heures à se parler tout seul. Elle se demandait s'il n'était pas en train de perdre la boule. Faire pousser des tomates et des épis de blé d'Inde lui remettrait les idées en place. Mais avant tout, il fallait qu'il travaille. La mécanique automobile le distrairait de sa possessivité. Et elle-même pourrait respirer un peu.

26

Depuis sa malencontreuse expérience avec un électricien, sosie de Gary Grant, qu'elle avait croisé en faisant ses courses, Irma n'osait plus s'aventurer avec d'autres hommes. Il avait fini par l'aborder un jour où il pleuvait à boire debout au prétexte de s'abriter sous son parapluie. Durant quelques semaines, il l'invita l'après-midi dans des bars sombres du centre-ville où elle consentait à des baisers mouillés et des pelotages qui lui allumaient le corps. Elle résista quelque temps à ses supplications et aux cadeaux dont il la comblait mais céda après avoir reçu une robe de nuit en soie et un soutien-gorge made in France dont elle savait qu'il coûtait la peau des fesses. Elle estimait que le fait d'avoir dépensé une somme aussi folle prouvait hors de tout doute que ce soupirant-là savait y faire avec les femmes. Elle se laissa conduire au motel Copacabana, en bordure d'une gare de triage à l'extrême ouest de la ville, non loin de la réserve indienne.

L'électricien, dont elle ignorait le nom de famille comme lui ignorait le sien, se faisait prénommer Ken, elle supposait qu'il s'agissait d'un prénom fictif. Pour lui, elle devint donc « Edna ». Cela brouillait les cartes et la faisait sourire. Cette mystification lui semblait nécessaire de peur qu'il ne la relance chez elle car elle était convaincue que « Ken » deviendrait dépendant de son corps une fois qu'elle s'abandonnerait à lui. Sa gratitude serait aussi le meilleur gage de sa générosité future. Ruiner un homme était un vieux rêve qu'elle caressait depuis toujours.

La porte du motel n'était pas sitôt refermée que Ken voulut la déshabiller. Elle le repoussa en riant. « T'es comme un chien fou, lui dit-elle. Y a rien qui presse. » Elle souhaitait d'abord boire un verre car il avait apporté des amuse-gueules et un « bar ambulant », comme il désignait la valise, de grande dimension, qu'il avait traînée dans la chambre. « Va dans la salle de bain, je vais te préparer une surprise », lui dit-il. Il semblait nerveux mais Irma mit cela sur le compte de son excitation.

Quand il l'invita à rentrer, l'homme avait disposé sur le lit une panoplie d'instruments qui la bouleversa tant qu'elle faillit perdre connaissance. Lui la fixait, les yeux hagards, le corps secoué de tremblements. Il avait ôté sa chemise et s'apprêtait à baisser son pantalon. « J'suis fou de toi, j'suis fou de toi. Punis-moi. Tape-moi les fesses. » Il répétait chaque phrase de façon saccadée et sa voix s'était transformée en une sonorité caverneuse et haletante. C'était pitoyable et grotesque mais Irma eut peur de cette folie-là. Elle voulut sortir ; il s'interposa. Elle s'empara d'une lanière de cuir, il s'immobilisa, et en un éclair elle lui en asséna un coup dans le bas-ventre. Elle sut qu'elle avait touché sa cible en entendant son cri de bête blessée et avant qu'il ne ploie sous la douleur, elle s'enfuit. Ses hauts talons l'empêchaient de courir mais elle ne risquait rien, la circulation était dense devant le motel. Elle eut le réflexe de héler un taxi puis se ressaisit aussitôt. Elle n'allait pas gaspiller cinq piastres pour un désaxé.

Au cours du long trajet de retour en autobus, elle prit la résolution de mettre fin à toutes ses incartades. Elle n'était plus en âge de prendre de pareils risques pour des histoires de sexe. Ce soir-là, elle prépara à Émilien la recette de sauce aux œufs de sa belle-mère qu'il ne mangeait jamais sans que les larmes lui montent aux yeux. Au moment du dessert, Émilien annonça à sa femme qu'il souhaitait désormais faire chambre à part. « J'ai bien réfléchi et j'en suis venu à la conclusion que j'aurais peut-être dû entrer dans les ordres. Tu es une bonne femme mais le mariage ne m'a jamais convenu. Aujourd'hui, il n'est pas question de t'abandonner pour entrer au monastère comme je le souhaiterais mais je pense que ce n'est pas trop te demander qu'on dorme dans deux chambres différentes. Et mon bureau fera l'affaire en ce qui me concerne. » Irma le regardait si fixement qu'il en fut stupéfié et regretta sur-le-champ d'avoir été aussi franc. « Maudit pas de queue », hurla-t-elle. Elle s'empara de sa tasse de thé et, avant qu'il ait pu parer le coup, il la reçut en plein front. Le sang gicla, Irma ne s'arrêta pas là. Elle empoigna la nappe à deux mains, tira de toutes ses forces et, dans le fracas qui suivit, Émilien perdit conscience. Irma enjamba son corps, décrocha son manteau de la patère, ramassa son sac à main et cria « Meurs, mon impotent » avant de claquer la porte.

Machinalement, elle marcha vers le logement de Gloria et Maurice. Après quelques intersections, elle se ressaisit et téléphona plutôt à Edna. Quand elle entendit la voix fêlée de cette dernière, elle raccrocha. Elle hésita quelques minutes, le froid humide la faisait grelotter, la noirceur était tombée, les rues étaient vides, elle n'avait d'autre solution que de retourner à la maison, vivre sa chienne de vie.

Ubald se blessa à la tête en réparant une porte de hangar mais n'en dit mot à Edna, même si des migraines le rendirent nauséeux les jours suivants. Il se bourra d'aspirine sans ressentir d'amélioration significative. Sous aucune considération il n'aurait accepté de consulter un médecin car il avait une peur phobique des « charlatans », comme il les désignait. Il se massait la tête avec de l'alcool à friction et, quand les étourdissements le rendirent incapable de bouger, il prétextait des brûlements d'estomac pour s'aliter. Edna mit son malaise sur le compte de l'ivrognerie et ne s'en préoccupa guère. Depuis plusieurs mois elle passait ses journées dans le snack-bar sans trop se soucier d'Ubald. Elle buvait toujours sec et se réjouissait de constater la force de sa constitution. Ubald avait une petite nature, comparée à la sienne. À la fin de la journée qu'Ubald passa au lit, une inquiétude mêlée de remords finit par poindre en elle. Elle ferma le commerce plus tôt et remonta dans le logement. Ubald était étendu dans le lit, les yeux ouverts, un bras ballant à l'extérieur de la couche. Edna poussa un cri strident et quitta la chambre en courant. Elle refusait de croire ce qu'elle avait vu. Elle réussit à composer le numéro de la police mais fut incapable d'articuler un mot. « Prenez une grande respiration », lui ordonna une voix masculine. Après avoir réussi à donner son adresse, elle sortit sur le perron, trop épouvantée pour se rendre auprès d'Ubald qu'elle croyait mort.

Le médecin des urgences avait tenté d'émettre des hypothèses pour expliquer le coma dans lequel Ubald avait plongé mais Edna refusa de les entendre. Dès qu'il retrouva la conscience, elle voulut le sortir de l'hôpital. Son loup avait vaincu une commotion cérébrale, verdict final du neurologue, sa promesse à saint Joseph d'arrêter de boire pendant trois mois avait été entendue et celle de vendre le commerce était prise. Ubald vivait, elle allait s'en occuper seule à condition qu'il lui jure de ne plus jamais lui faire de cachotteries. « La prochaine fois que tu te tapes la tête, tu m'le dis, maudit niaiseux. » Durant l'hospitalisation d'Ubald, ses sœurs l'avaient soutenue en lui témoignant un sentiment qui ressemblait presque à de l'affection. Irma l'avait invitée au restaurant et lui avait décrit la scène où elle avait failli tuer son mari. Elle avait tendance à transposer dans sa propre vie les malheurs ou les drames vécus par les autres, pour se rendre intéressante sans doute, et aussi ne pas être en reste avec ceux que la vie éprouvait. Quant à Gloria, elle eut la largesse de cœur d'assurer Edna qu'elle pourrait toujours s'installer avec Maurice et elle en cas de disparition d'Ubald. Son offre rendit Edna hystérique et Gloria se plaignit à Irma du manque de reconnaissance de leur sœur. « J'y ouvre toute grande la porte de notre maison, pis à pète les plombs », se plaignit-elle à Irma. « T'as peut-être pas choisi ton moment, Ubald était pas mort, pis Edna était morte d'inquiétude », dit Irma. « Justement, ajouta Gloria, j'voulais la rassurer pour l'avenir. » « Tu faisais mourir son mari avant l'heure. Est attachée à lui, faut que tu comprennes ça. » Mais Gloria avait toujours reproché à Edna, dont elle admirait tant l'intelligence, de s'être livrée comme un agneau sacrificiel à Ubald, le premier homme à jeter son dévolu sur elle. À ses yeux, la mort d'Ubald n'aurait pas été une grande perte.

Le snack-bar fut vendu à vil prix si bien qu'Edna rencontra moins de résistance lorsqu'elle annonça à Ubald son intention de retourner travailler. Lui-même décrocha un emploi de mécanicien à l'usine d'avionnerie. Le salaire était alléchant et la force du syndicat constituait une assurance de permanence d'emploi. Edna s'engagea dans une fabrique de confitures, préférant l'odeur des fraises et des framboises à celle des pois ou des betteraves d'une usine située à quelques rues de leur nouvelle demeure. Car Ubald et Edna s'étaient installés dans un nouveau bungalow à peine terminé dans une banlieue nord de Montréal en voie de développement. Les sœurs interprétèrent cet éloignement comme un début de rupture. « Son maudit mari veut l'enterrer vivante », dit Gloria à Irma. « À se laisse faire, à vieillit, je suppose. »

L'effervescence sociale n'arrivait plus à aimanter leur vie. Chacune tournait en rond, s'accrochant au petit profit matériel que la prospérité générale faisait retomber sur elles. Maurice et Gloria se départirent du vieux mobilier familial et achetèrent des meubles scandinaves. Gloria n'avait que dédain pour l'engouement de l'heure, les meubles traditionnels en pin que des imbéciles payaient des prix fous et s'échinaient à décaper. « Les vieilleries sont toujours que des vieilleries », affirmait-elle. Tout ce qui symbolisait le passé était associé à la misère, à l'ignorance crasse et aux ruraux qu'elle haïssait si fort. Quant à Irma, elle fit payer à Émilien sa décision de faire chambre à part en lui refusant net son voyage initiatique dans la France impressionniste. Elle dédaignait de le mettre au courant de leur situation financière, comme il le suggérait. « Achale-moi pas. Le peu d'argent qu'on a, je l'ai placé pour dix ans. On verra à ce moment-là, si t'as encore le goût de partir. » Émilien, découragé, laissa tomber. Il demanda cependant à Irma d'augmenter le montant de son argent de poche et de faire installer quelques rayons de bibliothèque supplémentaires qu'il comptait garnir avec les livres achetés désormais au vu et au su d'Irma. Jamais il n'élevait la voix et, lorsqu'elle le disputait à tout prétexte, il s'enfermait dans ce qu'il considérait sa cellule monacale, lieu de sa sérénité retrouvée. Chaque jour, en ouvrant les yeux, Irma éprouvait un pincement au cœur. Elle fuyait les miroirs désormais, sauf quand l'alcool lui réchauffait le corps. Dans ces moments-là, elle passait de longues minutes à se dévisager dans la glace. Parfois elle parvenait à ressusciter la belle figure de son grand Jos. Elle lui parlait jusqu'à ce que son image disparaisse et qu'elle retrouve le regard troublé et acrimonieux d'une femme encore belle mais flétrissante.

Gloria continuait à retrouver ses joueurs de cartes le vendredi soir et à ne rentrer à la maison que le dimanche après-midi. Chaque fois, elle subissait les foudres de son frère dévoré de scrupules religieux mais elle s'en moquait. « Lâche-moi, répétait-elle. Tu vas pas contrôler ma vie. Si je manque la messe, c'est pas à toi que je m'en confesserai. Si ça fait pas ton affaire, on peut casser le ménage. » Cette menace le rendait fou mais il se calmait sur-le-champ. Il disait : « Veux-tu un petit Martini Rossi ? » et elle répondait : « O.K. mais avec des chips. » Leur relation suscitait les commentaires des sœurs uniquement quand ces dernières étaient sous l'influence de l'alcool. « Tu le couves comme un enfant », disait Edna. « Y est pire qu'un enfant », répliquait Gloria. Irma, elle, se taisait. « Tu dis rien ? » la questionnait Edna. « Change donc de sujet, répliquait la Rougette, tu vois ben que ça fatigue Gloria. » « Pourquoi ça me fatiguerait ? » disait l'aînée d'un ton vaguement menaçant.

Elle revenait alors à son antienne favorite, critiquer Ubald. « Tu comprendras jamais que je l'aime, mon loup », assurait Edna. « L'amour, l'amour, ça donne quoi quand cet homme-là est pas capable de t'acheter une robe qui coûte cinq piastres et qui t'a jamais emmenée plus loin qu'au bord des États ? » Edna se décrivait comme une grande voyageuse alors qu'en vérité, une fois l'an avec Ubald, ils franchissaient la frontière américaine pour s'installer dans un motel avec vue sur le poste douanier. Ils buvaient sans répit durant quarante-huit heures et retraversaient les douanes, tout heureux de revenir au Canada. À les écouter, leur escapade avait duré six mois. Le couple rapportait de l'alcool payé moins cher et Edna invitait ses sœurs à fêter la fin de leurs vacances. Elle s'enflammait alors et faisait le procès des Canadiens. « Les Américains, y ont pas de complexes. Ils se jalousent pas comme nous autres. Ils sont polis, pis y se mêlent de leurs affaires. » Chaque voyage lui ouvrait davantage les yeux, disait-elle. Dans ces moments-là, Irma temporisait. « Parle pas contre not' beau pays. On est bien chez nous. Pis ton Ubald, c'est un bon garçon. » Gloria ne pouvait s'empêcher de hausser les épaules, ce qui replongeait Edna dans une rage folle. Gloria aimait ces périodes de crise. On aurait dit qu'elle retrouvait sa bonne humeur.

27

Les événements sociaux redevinrent, au fil des années, une source d'affrontements. Les sœurs s'engueulaient désormais sur les changements politiques. Gloria refusait d'adhérer à la cause de l'indépendance. Elle méprisait ce peuple canadien français moutonnier et s'imaginait que son mépris l'excluait de la soumission collective. Elle demeurait convaincue que, née juive, elle aurait été instruite. « J'suis ignorante parce que j'appartiens à un peuple d'ignorants. » Elle se consolait en parlant quelquefois en yiddish avec Edna devant des étrangers éberlués qui les prenaient pour des immigrées. Les deux sœurs se sentaient alors supérieures, ce qui renforçait leur complicité. Chose étrange, Gloria ne mentionnait à peu près jamais le sort tragique des juifs décimés par le nazisme. Lorsque Edna y faisait référence, et c'était toujours quand l'alcool exacerbait sa rage, Gloria émettait des doutes sur l'ampleur du génocide, comme si elle était incapable d'imaginer concrètement la destruction volontaire de millions de gens. « Si j'y crois, j'pourrai pus vivre », confia-t-elle un jour à Edna. Elle écoutait les nouvelles avec scepticisme et ne retenait que ce qui lui apparaissait vraisemblable, c'est-à-dire vérifiable selon ses connaissances qu'elle estimait supérieures à celles de la plupart de ses amis. « Quand on est ignorant, puis qu'on le sait, on l'est moins », répétait-elle souvent. Elle aimait les hommes politiques qui avaient l'air de « messieurs ». Elle idolâtrait Pierre Elliott Trudeau, devenu Premier ministre du Canada, et se méfiait de René Lévesque dont elle disait qu'il s'habillait comme la chienne à Jacques, était mal peigné et avait l'air d'un chien battu. Fédéraliste, rejetant l'indépendance en fonction des sentiments qu'elle portait aux deux hommes, elle avait été ulcérée par le « Vive le Québec libre » du général de Gaulle. Et si elle admirait le grand homme qui avait combattu les nazis, elle affirmait que le pauvre vieux était atteint d'un début de ramollissement du cerveau.

Lors des événements de 1970, quand des terroristes québécois kidnappèrent le consul de Grande-Bretagne et assassinèrent un ministre du gouvernement québécois, Gloria s'encabana durant quelques jours, n'osant plus sortir même pour travailler. Accrochée à l'écran de télé, elle vécut dans la terreur et seul le Premier ministre Trudeau réussit à l'apaiser. Elle refusa de s'entretenir au téléphone avec Edna qui, elle, vivait cette crise dans un état de surexcitation et de vengeance assouvie. Maurice devint son allié inconditionnel face à leur sœur qualifiée de terroriste. Le couple estimait qu'Edna avait, au cours des ans, subi un lent mais efficace lavage de cerveau de la part de son beau-frère Louis-Philippe. Maurice, de plus en plus pieux, soupçonnait même ce dernier d'apostasie, ce qui cadrait selon lui avec les idées révolutionnaires qu'il professait en public.

Edna s'en fichait bien, elle se sentait comme un poisson dans l'eau lorsque grondaient les vents de la révolte, de n'importe quelle révolte. Or celle qui déchirait le Québec rallumait en elle de vieux soubresauts d'énergie. Sa sympathie pour les insoumis s'intensifia lorsque le gouvernement d'Ottawa abolit les libertés civiles au Canada. Rébellion, insurrection, ces mots ne lui faisaient pas peur, elle qui n'avait jamais trouvé jusque-là de cause à défendre. Les jours où elle ne buvait pas, elle se raisonnait. Si elle comprenait les raisons de la révolte des jeunes du Front de libération du Québec, elle rejetait l'action violente. Sous l'effet de l'alcool cependant, tout se confondait et Edna choquait ses interlocuteurs en se transformant en lance-flammes de la révolution populaire. Ubald paniquait, tentait de la calmer alors que Louis-Philippe l'encourageait. « Ta femme se tient debout, pis tu essaies de la remettre à genoux comme le troupeau de Culbéquois. À ta place, je serais fier d'elle. Tu devrais l'admirer. » « C'est ça, rétorquait Ubald, tu veux que la police vienne nous arrêter toute la gang. » Louis-Philippe ricanait, son frère bouillonnait mais n'osait l'affronter. « T'es un maudit lâche et un crisse de peureux, disait Edna à son mari. Si j'avais vingt ans, j'serais avec eux autres pis j'ferais sauter le cul de tous ceux qui nous écrasent et nous traitent de haut. À commencer par c'te chienne de Gloria pis not'frère qui est fou. » Quand Irma assistait à pareil délire, elle disait : « J'en ai assez entendu pour aujourd'hui », et elle quittait les lieux non sans avoir conseillé à Ubald d'aller coucher sa femme. Elle craignait que des voisins trop zélés la dénoncent à la police.

Une fois dessaoulée, Edna éprouvait quelques remords et jurait à Ubald qu'elle ne recommencerait plus. « Tu sais bien que j'aime ça, exagérer des fois. Ça met du piquant dans la discussion. » Mais la peur d'Ubald le rendait si nerveux et inquiet qu'au moment des événements violents d'octobre 1970, il proposa à sa femme d'aller passer une semaine en Floride. Éloigner Edna du climat explosif qui l'attirait, la mettre à l'abri des oreilles indiscrètes lui semblait salutaire. Le couple partirait en voiture pour Tampa, ville que peu de Canadiens français fréquentaient. Si Edna recommençait à faire l'apologie du FLQ, le risque était faible que des compatriotes l'entendent. Devant les rares Américains qu'ils croiseraient, elle pourrait se déchaîner puisqu'ils s'en fichaient royalement. Edna céda à la demande d'Ubald bien que l'idée de quitter la maison si longtemps l'embêtât. Irma lui assura qu'elle s'occuperait de son chat et veillerait du même coup sur son bungalow.

Ubald mit quatre jours à rejoindre Tampa, mais leur séjour fut de courte durée. Au bout de quarante-huit heures, la presse locale rapportait l'expulsion des terroristes québécois vers Cuba. La nouvelle paniqua Ubald.

Edna, Irma et Gloria

Les Américains ne toléreraient jamais la présence sur leur sol d'une sympathisante de gens qui partaient trouver refuge chez Fidel Castro. Il fallait décamper au plus vite. Chaque soir de leur voyage de retour, Ubald s'enfermait avec Edna dans un motel où il lui procurait alcool, pizzas ou mets chinois, tant il craignait que, dans les restaurants, elle interpelle les clients et recommence son plaidoyer extrémiste.

Pour sa part, Irma, quoique séduite par Trudeau le play-boy, partageait plutôt les idées de René Lévesque, influencée en cela par Émilien. Ce dernier affichait un nationalisme bon ton alimenté par ses lectures d'historiens canadiens français. L'idée de l'indépendance ne répugnait pas au couple mais Irma s'inquiétait des retombées négatives de l'insécurité politique sur son compte de banque. Émilien, qui avait une confiance aveugle dans le jugement du leader souverainiste, temporisait les craintes de la Rougette. La politique, curieusement, rapprochait le couple, Irma ne cachant pas son orgueil d'être l'épouse d'un homme si connaissant. Durant plusieurs mois, elle consacra ses énergies à tenter de réconcilier Gloria et Edna qui aimait plus que tout attaquer le héros de sa sœur. « Ton Trudeau est un baveux qui veut nous humilier devant les Anglais. T'aimes ça quand y déclare qu'on parle un *lousy french* ? » Edna se référait à une déclaration du Premier ministre sur la piètre qualité de la langue parlée au Québec. « T'entends-tu quand tu parles ? répliquait Gloria. Tu fais une faute à tous les trois mots. » « Pis toi, t'es sourde ? Écoute-toi, tu seras pas édifiée », répliquait Edna. « En tout cas, assurait Gloria, ça serait beau un Québec séparé avec ta gang qui vante le joual. On va avoir l'air de maudits ignares devant ceux qui parlent français ailleurs pis qu'y nous comprennent pas. » Pour temporiser, Irma disait toujours : « Au fond, vous pensez la même chose. On devrait mieux parler. Pis avoir un pays à nous autres, c'est un beau rêve. » « Qui se transformera en cauchemar », ajoutait Gloria repartant la chicane de plus belle.

Le trio se ressoudait dès que surgissait la question féministe. Aucune n'éprouvait de solidarité de sexe. Gloria et Irma se méfiaient des femmes, Edna n'y attachait aucune importance. Gloria considérait que sa vie de célibataire l'avait mise à l'abri des contraintes féminines comme la maternité et le mariage. Socialement, elle estimait vivre comme un homme. Elle gagnait sa vie, décidait de ses projets et était libre de ses allées et venues. Certains la traitaient d'égoïste mais elle s'en fichait royalement. Et avant tout, elle se dissociait de toutes ces braillardes qui venaient sur la place publique se plaindre de leur sort de victimes. « Des vraies vaches », disait-elle des féministes qui brûlaient leurs soutiens-gorge devant les caméras de télévision, ce qui la choquait et lui faisait horreur. Elle rejetait l'idée même de solidarité féminine, considérant que les inégalités dénoncées par le mouvement féministe, et qu'elle ne niait pas, étaient le fait des femmes elles-mêmes. Et elle n'était pas loin de croire que les femmes qui se laissaient battre méritaient de l'être.

« Y a pas un enfant de chienne qui aurait levé la main sur moi sans que j'y saute à la gorge, disait-elle. D'ailleurs, j'ai connu cette expérience-là et le rat, j'ai failli l'égorger. » Gloria se glorifiait de cet exploit et s'identifiait exclusivement à ces Amazones dont elle avait découvert l'histoire dans un article du *Sélection du Reader's Digest* qui lui servait à la fois de grammaire, de dictionnaire et d'encyclopédie.

Irma, moins virulente, n'en pensait pas moins. Elle aussi se citait en exemple. Elle avait trimé dur depuis l'adolescence, comme un homme, aimait-elle aussi à penser, elle avait choisi son mari à la manière d'une proie qu'on attire, elle dirigeait le ménage d'une main de maître, contrôlait l'argent et personne ne pouvait lui imposer quoi que ce soit. De plus, elle considérait qu'en revendiquant l'égalité, les femmes se plaçaient dans une position d'infériorité. « À font rire d'elles. Ça fait pitié de voir ça », disait-elle. Elle trouvait les militantes féministes grotesques, déplacées, voire indécentes. Comme sa sœur, Irma reconnaissait les inégalités entre les hommes et les femmes mais elle les mettait sur le compte de l'incapacité de ces dernières à exercer efficacement leur pouvoir de séduction et rejetait cette mentalité de victimes qui s'installait chez les femmes. La seule vraie inégalité à ses yeux se situait entre les riches et les pauvres. Même sa beauté n'avait pu vaincre ce fatalisme et, quand elle entendait parler d'hommes de la Haute qu'elle avait fréquentés dans sa jeunesse, elle éprouvait des serrements au cœur. Si victime elle avait été, c'était en tant que pauvre, pas comme femme. Et même durant la période noire qu'elle voulait effacer de sa mémoire et où des hommes l'avaient violentée, elle s'estimait responsable de ces sévices. Elle avait joué avec le feu et parfois s'y était brûlée. Irma refusait l'idée qu'elle avait subi son sort.

Edna, elle, ne se reconnaissait dans aucune catégorie. Elle ne s'identifiait à personne sauf à ceux qui ruaient dans les brancards mais ceux-là n'avaient pas d'étiquette. Dans son esprit, le mouvement féministe était une affaire de femmes instruites et riches qui voulaient se rendre intéressantes. Les injustices qu'elles dénonçaient lui apparaissaient sans commune mesure avec les inégalités entre les pauvres et les riches. Elle rejoignait ainsi Irma dans son analyse. Cependant, elle prenait plaisir à regarder à la télévision des débats virulents où s'affrontaient des femmes excitées et des hommes apeurés. Le combat féministe lui plaisait parce que c'était un combat et qu'elle avait toujours voulu combattre sans trouver de cause à sa mesure.

De manière indicible, les liens entre les sœurs se distendaient. Chacune s'installait dans sa propre routine, chacune vieillissait.

28

« T'as perdu tes élections, ma belle maudite. » La voix d'Edna, à peine altérée par l'alcool, retentit joyeusement dans le combiné. On venait à peine d'annoncer à la télé la victoire du Parti Québécois. « Vous allez le payer cher. Le Québec va être dans le trou », répliqua Gloria. « On est tous dans le même bateau. Imagine-toi pas que tu peux débarquer », rétorqua Edna. « Y va y avoir un référendum. Ton Lévesque l'a promis. Tu vas déchanter à ce moment-là », renchérit Gloria. Edna entendait Maurice qui gueulait en arrière-plan. « Calme not'frère, c'est pas bon pour son cœur. » « T'es épouvantable de dire ça, retourne à ta bouteille », lança Gloria en raccrochant. Edna se pinça la lèvre. Elle regrettait sa remarque. Maurice avait eu une crise cardiaque l'année précédente et Gloria, très préoccupée par sa santé, surveillait son alimentation, limitait la quantité d'alcool qu'il buvait en vidant dans l'évier les bouteilles qu'il cachait dans son placard. Dissimuler l'alcool était une vieille habitude dans les maisons québécoises où l'ivrognerie dénoncée traditionnellement du haut de la chaire faisait tant de ravages. Ce soir de la victoire du PQ, Émilien et Irma, brisant leur habitude de se coucher à l'heure des poules, se rendirent chez Edna pour fêter avec eux ces résultats. Les sœurs s'embrassèrent, chose rare, et les hommes se donnèrent l'accolade, chose plus rare encore. Cependant, à la fin de cette émouvante soirée, une inquiétude sourde réunit les deux couples. Émilien fit part des commentaires menaçants de ses confrères anglophones durant la campagne électorale qui laissaient entendre que la maison mère de Chicago pourrait fermer le bureau de Montréal si le Parti Québécois était porté au pouvoir. Irma, tout à sa joie une seconde plus tôt, devint écarlate. « Tu m'avais pas dit ça avant que j'aille voter », dit-elle sur un ton agressif à son mari. « Je savais que ça t'énerverait et que tu risquerais de changer d'idée », répondit Émilien. « Tu retourneras travailler, ça te rendra moins nerveuse, pis ça t'empêchera de magasiner », ajouta Edna. Irma se leva d'un bond et déclara solennelle : « La soirée était trop belle. Comme d'habitude, il fallait la gâter. » « Parle pour toi », répondit Edna.

Celle-ci connaissait ce qu'elle appelait le mauvais penchant de leur sœur dont les tiroirs débordaient de gants de cuir, de bas de nylon, de slips en soie, de flacons de parfum que sa sœur subtilisait au cours de ses après-midi de magasinage. Gloria et Edna bénéficiaient des largesses d'Irma qui n'en étaient pas puisqu'elle leur refilait ces objets dont le nombre devenait encombrant de peur qu'Émilien ne les découvre. Elle avait même expliqué à

226

Edna la nature du plaisir qu'elle prenait à voler sans se faire prendre. Car elle demeurait convaincue de son immunité. Elle s'était créé au fil des mois un rituel de plus en plus compliqué. Au début, elle n'avait chipé que de petites choses, un paquet de chewing-gums, des bonbons à la menthe, un journal. Elle aimait l'idée d'obtenir pour rien ce que les autres payaient. Puis elle élargit son terrain de chasse aux objets usuels. Une cuillère à café, un couteau à légumes, un torchon à vaisselle, au fur à mesure de leur usure. Cela devenait plus utile et elle en retirait une satisfaction supplémentaire. Peu à peu elle s'enhardit et s'attaqua à la lingerie. Elle passait des heures à repérer ce qui lui plaisait et laissait s'écouler des jours avant de retourner sur place pour subtiliser un slip ou un soutien-gorge. Elle avait besoin de cette fébrilité dans laquelle elle retrouvait la vieille excitation du temps où elle flirtait avec les hommes. Bientôt elle se spécialisa. Durant quelques semaines, elle ne choisissait que des gants, selon les saisons et en fonction des couleurs. C'est ainsi qu'Edna reçut en cadeau d'anniversaire une paire de gants en chamois. Dans la famille, on n'avait jamais fêté les anniversaires. Ces gants mirent la puce à l'oreille d'Edna. Sa sœur était devenue une vraie voleuse. « Y vont finir par te mettre la main au collet », prévint-elle Irma qui éclata de rire. « Fais-toi pas de mauvais sang. J'prends des p'tites affaires comme ça mais j'suis trop intelligente pour me faire pogner. » Irma trouvait que son sport, c'est ainsi qu'elle qualifiait ses vols, la distrayait. « Chacun son petit vice, dit-elle à Edna. Y se passe rien avec Émilien, j'ai mis une croix sur les hommes, quand je bois trop, j'engraisse, contrairement à toi, y faut bien que j'me change les idées. » À la suite de cette conversation, Edna sursautait à chaque coup de téléphone, se préparant mentalement à aller cueillir sa sœur au poste de police car elle ne doutait point qu'en cas d'arrestation, c'est à elle qu'Irma se confierait.

Gloria n'était pas dupe non plus devant les achats luxueux de sa sœur et elle la confronta un jour où la Rougette arborait un carré de soie Hermès. « Es-tu tombée sur la tête ? s'écria l'aînée. Ça coûte la peau des fesses, un foulard pareil. Tu dépasses les bornes. J't'avertis, compte pas sur moi pour te sortir du trou quand y vont t'arrêter. » Songeant au scandale que provoquerait la mise en accusation de sa sœur, Gloria la menaça de la dénoncer à Émilien. « Tu ferais pas ça », dit Irma d'un ton suppliant. Malgré le ressentiment qu'elle éprouvait à l'endroit d'Émilien, elle ne permettrait pas à ses proches de le plonger dans le désarroi, ce qui ne manquerait pas de se produire s'il découvrait que sa femme s'adonnait à la cleptomanie. Au fond d'elle, Irma avait une peur bleue que son mari y trouve un jour prétexte à entrer au monastère, la laissant ainsi seule pour affronter la vieillesse. « J'vas arrêter mes p'tites folies », promit-elle à sa sœur. Cela lui fut d'autant plus facile que peu de temps après, alors qu'elle se promenait dans son rayon préféré, celui des sous-vêtements, elle eut, pour la première fois, l'impression désagréable d'être observée. Elle s'attarda, palpant les porte-jarretelles, les bikinis, les soutiens-gorge demi-lune, ces dessous affriolants du temps de sa jeunesse osée et soudain des larmes lui embuèrent la vue. Elle quitta rapidement le magasin et alla s'acheter un quarante onces de Beefeater.

Lorsque Émilien revint du bureau, il découvrit sa femme endormie devant l'écran en marche. Il tourna le bouton et lui effleura l'épaule. « J'm'étais assoupie, murmura-t-elle, la bouche empâtée. Viens, mon pitou, on va se faire des bons hamburgers. » Cette nuit-là, elle rêva à son grand Jos et se réveilla en sueur. Émilien ronflait dans sa chambre. L'important, pensa-t-elle, serait de mourir avant lui car la solitude était pire que l'enfer.

Chaque jour Irma et Gloria rivalisaient de vitesse pour lire les pages nécrologiques dans le journal. C'était à qui reviendrait la chance d'annoncer à l'autre le décès d'une connaissance, auquel cas l'une des sœurs se chargeait ensuite d'en informer Edna. « Ça tombe comme des mouches », remarquait Gloria. « Nous autres, on est faits forts, ajoutait Irma. On n'est jamais malades. » « Allez-vous arrêter, bande de prophètes de malheur », adjurait Edna. Mais ses sœurs estimaient essentiel de savoir qui était en vie, qui était souffrant et qui mourait. « Est morte à soixante-deux ans mais, avec la vie de traîneuse de club qu'elle a menée quand elle était jeune, elle aurait dû mourir à quarante », commentait Gloria. « Sois pas trop dure, répliquait Irma. Tu sais pas ce que le monde va dire quand tu vas lever les pattes. » « J'm'en sacre. J'serai plus là pour l'entendre. » « Pis toi, la Rougette, t'es mieux d'être ben morte parce que tu risques de te retourner dans ton cercueil. À moins que t'enterres tous ceux qui t'ont connue quand t'étais jeune. » « Tu te sens ben quand t'es méchante », laissait tomber Irma, attristée par la dureté perpétuelle de l'aînée.

Quand le trio se retrouvait, et cela s'espaçait de plus en plus, Gloria et Irma s'observaient et examinaient Edna en évaluant laquelle risquait de partir la première. Parfois elles tentaient d'en parler mais Edna poussait des cris, se bouchait les oreilles de ses mains ou se réfugiait dans les toilettes. « Sors de là, on va arrêter », promettait Gloria. À plus de soixante ans aucune ne montrait de signes de faiblesse et pourtant Irma absorbait en grande quantité du dry gin sans le moindre malaise, Edna fumait comme une cheminée sans éprouver de quintes de toux et l'alcool, loin de l'indisposer, lui donnait une énergie décuplée par le plaisir de l'ivresse. Quant à Gloria, si elle buvait modérément elle mangeait comme une ogresse. En tête à tête, Irma et Gloria évoquaient la possibilité qu'Edna meure avant elles, non pas à cause de l'alcool mais des phobies et de la rage sourde qui lui grugeaient l'intérieur du corps. Edna craignait si fort les maladies qu'elle épelait plutôt qu'elle ne prononçait certains mots. Elle disait : « Mme Chose est morte d'un C-A-N-C-E-R » ou « Mon voisin a une T-U-M-E-U-R dans le ventre ». Elle-même avait souvent « mal dans le corps » sans que ses sœurs sachent où se situait exactement la douleur. Même le mot « docteur » qu'elle prononçait normalement lorsque les autres le consultaient, elle l'épelait quand, d'aventure trop souffrante, elle devait y faire appel. Et elle répondait aux questions du médecin afin d'être rassurée plutôt qu'en fonction des symptômes qu'elle éprouvait. Si bien qu'elle en ressortait ragaillardie et libérée. « Aller chez le docteur, ça me guérit », disait-elle.

En ouvrant malencontreusement une enveloppe contenant le premier chèque de pension de vieillesse d'Irma à soixante-cinq ans, Émilien avait découvert que celle-ci l'avait trompé dès le premier jour de leur rencontre en lui dissimulant son âge véritable. Depuis, il haussait les épaules quand elle lui faisait des reproches sur tout et sur rien. Incompris depuis toujours, il se sentait désormais trahi. Ce mensonge, fondateur de leur mariage, l'avait profondément heurté, déprimé même. Sa tristesse, palpable, le plongeait dans des états mélancoliques que ses lectures n'arrivaient pas à lui faire surmonter. C'est avec moins d'empressement qu'il se portait à la défense de la Rougette quand Edna critiquait ouvertement son avarice, son égoïsme et sa pleurnicherie lors des beuveries occasionnelles réunissant le clan. Gloria, qui avait toujours traité Émilien avec un mélange de pitié et d'attendrissement, avait noté ce changement de comportement mais elle l'attribuait à l'irritation générale, causée par les engueulades sur la politique, qui avait envahi les foyers québécois depuis l'annonce du référendum sur la souveraineté du Québec. Des camps se formaient, divisant les familles, les amis, les voisins. Gloria et Maurice voteraient non, Ubald, pour faire enrager

Edna, Irma et Gloria

Edna, prétendait voter comme eux. Irma, dans une tentative d'amadouer Émilien, clamait bien haut son oui dont ni Edna ni Gloria ne se réjouissaient, sachant qu'avec leur sœur tout se passerait dans l'isoloir et qu'elle revendiquerait la victoire, quels que soient les résultats. Quelques jours avant la date fatidique du 20 mai 1980, les trois sœurs se retrouvèrent un après-midi chez Edna qui mit le feu aux poudres en affirmant qu'après la victoire du oui, les traîtres comme Gloria ne pourraient plus se promener dans la rue la tête haute. « C'est pas surprenant que tu votes non, lança-t-elle à sa sœur. T'as jamais été capable de dire oui à personne. C'est pas pour rien que t'es restée vieille fille. » « Penses-tu que j'aurais dit oui à ton Ubald ? Y est ben docile en apparence mais y t'a enterrée dans un bungalow où tu vis pauvrement. J'comprends que tu veuilles oublier ça en vidant des bouteilles », dit Gloria. « Laisse Ubald tranquille, répliqua Edna. Maurice pis toi, vous êtes deux vendus. Plus les Anglais vous chient dessus, plus vous dites merci. » Irma s'arrachait les cheveux devant la tournure de l'échange. Edna devenait incontrôlable et Gloria semblait décidée à poursuivre l'escalade. « On va changer de sujet », suppliait Irma. « Pas question, cria Edna. C'te vache-là nous a écœurées toute not'vie pis là à s'apprête à nous empêcher d'être libérées. » Gloria éclata d'un rire tonitruant et méchant qui fit perdre les pédales à Edna. « Prends la porte, vieille crisse. J'te mets dehors. Va dire NON ailleurs que dans ma maison. » Irma pleurait et criait en même temps : « Si le père nous voyait. Pis not'mère,

232

elle, elle endurerait pas ça. » Edna, debout, menaçante, mitraillait Gloria du regard. Celle-ci ouvrit son sac, prit son rouge à lèvres et, avant qu'elle n'amorce le geste pour se rougir les lèvres, Edna lui arracha le tube et le lança au fond de la pièce. « Pov' ivrognesse », laissa tomber, dégoû- tée, Gloria. Sans se presser, elle se dirigea vers la sortie. « Vache de chienne », vociféra Edna. « T'es la honte de la famille », cria Gloria avant de claquer la porte.

Quelques jours plus tard, le OUI fut battu. Edna s'ef- fondra en pleurs, son chat dans les bras. Irma fut triste et soulagée et Gloria constata que la victoire du NON ne la rendait pas heureuse pour autant.

29

Au fil des ans, les sœurs avaient peu à peu abandonné la pratique religieuse. « Faut être de not'temps », claironnait Irma. Dans son cas, cet abandon marquait une volonté de prendre ses distances d'Émilien dont la piété s'accompagnait désormais d'élans mystiques alimentés par ses lectures. Monet, son peintre de prédilection, était déclassé par sainte Thérèse d'Avila, sa nouvelle égérie. Un jour, il tenta d'expliquer à Irma la dimension sensuelle du mysticisme de la sainte. Irma l'écouta attentivement, les conversations entre eux étant devenues rares. Lorsqu'il eut terminé son exposé, croyant l'avoir convaincue, elle lui conseilla fortement de ne parler à personne de ce sujet. « Tu vas passer pour un fou pis un obsédé sexuel », dit-elle à son mari, atterré. Irma, chaque dimanche, trouvait prétexte à ne pas aller à l'église. Un jour, c'étaient ses rhumatismes, un autre, une tempête de neige, l'été, il pleuvait ou il faisait trop chaud, c'est ainsi qu'elle s'éloigna de l'Église. « Les prêtres ont défroqué, j'vois pas pourquoi j'serais plus catholique que

l'pape. » Edna avait été la première à décrocher de la
messe dominicale et elle encouragea sa sœur : « On est
assez vieux pour penser par nous-mêmes. Pis le bon Dieu
est moins exigeant que les curés. L'important est de pas
faire de mal à not' prochain et de veiller sur nos hommes. »
Gloria affrontait Maurice qui l'invectivait les dimanches
où elle refusait d'assister à l'office. Intolérant, scrupuleux,
il vomissait sur les « bâtards » qui dénonçaient l'Église et
faisaient l'apologie de la laïcité. Mais Gloria connaissait
mieux que personne les raisons de la bigoterie de son
frère.

Ubald avait le souffle court et son appétit diminuait. Il
buvait moins, c'est ce qui mit la puce à l'oreille d'Edna.
« T'es malade », décréta-t-elle un soir où il refusa une
bière. « J'digère pas depuis quelque temps », admit-il.
Edna s'énerva, l'injuria et lui fit promettre de consulter
un médecin. « Si t'es vraiment malade, j'veux pas le
savoir. » Ubald sourit malgré lui. Les jours passèrent.
Edna remarquait l'effort d'Ubald pour vider son assiette
si bien qu'elle diminua ses portions. Non seulement elle
ne lui posait pas de questions sur son état mais l'idée
même de l'interroger la jetait dans l'effroi. En apercevant
un matin la marque que le métal de sa ceinture avait
incrusté dans le cuir, elle comprit qu'il avait resserré la
boucle. Il maigrissait et ce signe l'épouvantait.

Quelques semaines plus tard, Ubald revint à la maison
au beau milieu de l'après-midi. « J'vais me coucher »,
dit-il laconique. « Ça va te faire du bien, mon loup. »
Edna sentit la panique s'emparer d'elle. Elle se versa une

rasade de Beefeater sans glace, sans tonic, qu'elle renouvela jusqu'à l'apparition d'Ubald, l'air livide. « Ça va mal », balbutia-t-il. « Non, non, ça va ben aller », gémit-elle. « Appelle l'ambulance », souffla-t-il. Avant qu'elle pût crier « Non ! », il s'effondra.

Edna refusa que les médecins lui expliquent la maladie de son mari et le pronostic. Incapable d'entrer seule à l'hôpital où Ubald reposait aux soins intensifs, elle se faisait accompagner par Irma. « Parle-leur, toi, aux docteurs mais dis-moi rien. » Elle entrait dans la chambre de son mari, lui caressait les cheveux et demandait : « Tu veux que j'chante ta chanson ? » Il hochait la tête et elle entonnait *La Vie en rose* : « Il me dit des mots d'amour, des mots de tous les jours et ça m'fait quelque chose. » Elle ne se rendait pas au-delà de ces paroles. Elle lui flattait le front, posait sa main sur sa poitrine de haut en bas et disait : « J'veux pas… » mais ne terminait jamais la phrase. Elle repartait, tenant le bras d'Irma demeurée silencieuse, et les sœurs retrouvaient Émilien, leur conducteur attitré. Une fois dans l'auto, elle ouvrait son sac à main, retirait une flasque métallique et avalait d'une traite le contenu.

L'agonie d'Ubald dura deux semaines. Il mourut pendant la nuit et Edna lui sut gré d'être parti sans qu'elle soit à ses côtés. Elle exigea qu'on ferme le cercueil durant la période d'exposition du corps au salon funéraire. Émilien, qui avait pris l'organisation des funérailles en main, fit chanter une messe en grégorien. Edna fut incapable d'assister à la cérémonie à jeun et refusa d'accompagner la dépouille au cimetière. « Y me comprend », dit-elle à Gloria qui insistait.

Edna séjourna quelques jours chez Irma où cette dernière la suivait pas à pas afin de contrôler sa consommation d'alcool. Elle lui offrit des pilules vertes qu'un médecin lui avait prescrites pour calmer les nerfs. Edna en avala plusieurs et prétendit que ça l'énervait davantage. Seul le gin la calmait. Irma se désolait et Edna retourna chez elle pour pleurer son mari en paix. Gloria minimisait la peine d'Edna en affirmant que sa peur de la solitude était plus grande que sa tristesse. « C'était pas de l'amour, c'était de l'habitude », dit-elle à Irma. Elle n'en démordait pas. Edna n'avait pu aimer Ubald, un homme qui ne lui arrivait pas à la cheville. Irma acquiesçait. « Maintenant qu'y est mort, on peut le dire, y était pas mal insignifiant. À la longue, y l'a rapetissée. Avec son intelligence, elle aurait pu aller loin dans la vie. »

Edna vendit son bungalow pour une bouchée de pain, dans l'urgence où la plaçait son incapacité à vivre dans cette maison où elle s'imaginait, dès qu'elle ouvrait une porte, qu'Ubald lui apparaîtrait. Elle loua un trois pièces défraîchi dans une tour d'habitation de banlieue. La nuit, elle dormait les lumières allumées et, le jour, elle parlait à haute voix pour chasser les mauvais esprits et le fantôme d'Ubald.

Gloria avait troqué les nuits enfumées des parties de cartes contre des après-midi de bingo où elle retrouvait son amie Rose. Elle avait beaucoup grossi et accusait Maurice de vouloir la tuer en la faisant trop manger. « Y le sait que j'peux pas résister aux pâtisseries et y passe son temps à en acheter. Y aime ça me voir manger. J'suis devenue une vraie truie », disait-elle à Irma pour la faire rire. Plus elle vieillissait, plus elle se moquait d'elle-même. Lorsqu'elle avait de la difficulté à se lever, ses jambes supportant difficilement son poids, elle s'interpellait : « Envoye, ma maudite jument, tiens-toi debout. » Elle ne manifestait aucune pitié envers elle et méprisait tous ces vieux qui se plaignaient. « Qu'y se ferment la gueule ou qu'y meurent », répétait-elle. La rage qui l'habitait démontrait son envie de vivre. Elle critiquait sa famille, les politiciens, les vedettes de la télé qu'elle regardait pour y trouver matière à s'enrager, elle se moquait de ses voisins, de ses amies de toujours, et parfois elle se remémorait Éloi, le « niaiseux » qui l'avait quand même gâtée.

Maurice tomba paralysé un dimanche pendant la messe. Gloria reçut l'appel de l'hôpital à l'heure où, normalement, son frère revenait à la maison. Elle téléphona à Irma en sanglots. « Inquiète-toi pas, dit cette dernière, not'frère est fort comme un bœuf. » « Les bœufs aussi ça meurt », répondit Gloria très affectée. Émilien accompagna de nouveau les sœurs à l'hôpital où elles trouvèrent Maurice, la figure distordue, le regard traqué. « Y ressemble à la mère sur son lit de mort », murmura Irma à l'oreille de sa sœur mais Maurice entendit et ses yeux fixèrent Gloria dans un appel au secours. Il voulut articuler mais les mots déboulaient de sa bouche en se fracassant. Gloria tenta de le calmer en lui flattant le bras et Irma comprit que sa présence empêchait la sœur d'exprimer à son frère les sentiments qu'ils partageaient. « J'vas t'attendre dehors », dit-elle en s'éclipsant. « C'est pas nécessaire », lança Gloria avec empressement comme si, en acceptant qu'elle quitte la chambre, elle avouait l'inavouable.

Il mourut une heure après leur départ. Gloria l'apprit à son retour du bingo où elle avait rejoint Rose en quittant Maurice. Elle pleura pour se donner une contenance, refusant de cerner les émotions contradictoires enfouies en elle. Comment pouvait-elle admettre que la mort de Maurice la libérait ?

30

À son tour, Gloria déménagea. Son amie Rose la convainquit de la rejoindre dans une résidence pour personnes âgées. « Si je tombe dans la maison, qui va me ramasser ? demanda-t-elle à Irma qui estimait cette décision prématurée. J'serai pas toute seule, y a du bingo, des joueurs de cartes, j'suis sociable moi, c'est pas comme vous autres, expliqua-t-elle à sa sœur. Tu te sens toujours obligée de nous insulter, Edna pis moi. Casse maison si ça t'chante. » Mais Gloria crânait. La mort de Maurice avait créé en elle un vide insoupçonné. Pour la première fois, et il fallait que ce fût à la fin de sa vie, Gloria se retrouvait seule entre quatre murs. Et elle avait peur tout à coup.

Edna, isolée dans sa tour d'habitation, n'était plus là pour confronter ses sœurs et leur remettre en mémoire leur vie dissolue du temps de leur jeunesse. Son éloignement, son enfermement dans l'alcool bouleversaient Irma et Gloria. À vrai dire, Edna dérangeait leur tranquillité d'esprit et leur donnait mauvaise conscience car elles trouvaient des excuses pour ne pas l'aider. Les coups de téléphone d'Irma, c'était pour parler de ses maladies à elle, de ses problèmes de plomberie, des ratés de la transmission de l'auto d'Émilien. Edna demeurait silencieuse désormais et quand, à la fin de la conversation, Irma demandait : « Pis toi, ça va ? », celle-ci répondait : « Sur des roulettes. » Irma raccrochait et disait à Émilien : « Tu te trompes à propos d'Edna. À va pas mal. Elle est juste plus calme qu'avant. »

La voisine d'Edna s'inquiéta de ne pas la croiser dans les corridors. Elle prévint le concierge qui ouvrit la porte de l'appartement. Ils aperçurent Edna étendue sur le plancher mais surent qu'elle était vivante au râle brisé qui sortait de sa poitrine. « Madame Edna, madame Edna, parlez-moi », suppliait la voisine à travers ses sanglots.

Recroquevillée au fond de son lit d'hôpital, Edna respirait en haletant. Gloria, à ses côtés, lui tenait la main. « Regardez comme elle a maigri. À l'air d'un p'tit oiseau », dit-elle à Irma et à son beau-frère. Celle-ci fut surprise que Gloria s'attendrît autant. On frappa à la porte. C'était l'aumônier de l'établissement. Irma crut défaillir. « Allez-vous-en, dit Gloria au prêtre. Not'sœur est pas à l'article de la mort. » « Je ne suis pas ici pour faire mourir la malade mais pour la réconforter », répondit-il d'un ton que Gloria jugea hautain. « Nous autres, on a appris que l'extrême-onction, c'était pour les mourants », dit Gloria.

Le diagnostic tomba une heure plus tard de la bouche

d'un médecin peu compatissant : coma éthylique. Les sœurs se sentirent humiliées et honteuses mais Gloria ne s'en laissa pas imposer par le blanc-bec en jean et sans sarreau. « Vous êtes sûr de pas vous tromper ? dit-elle. Not'sœur prend un verre ou deux par jour. À son âge, qui vous dit qu'elle couve pas une maladie que vous n'avez pas encore trouvée ? » « C'est possible que madame ait autre chose mais c'est certain qu'on a affaire à une grande alcoolique », répondit le docteur sans aucune émotion dans la voix.

Les tests plus poussés révélèrent des métastases au foie. Edna était condamnée. Et les sœurs furent ravagées par cette horrible nouvelle. Que les autres meurent autour d'elles, quoi de plus normal, mais le trio inséparable ne pouvait pas mourir ainsi, rongé par une saloperie. Les sœurs devaient mourir de leur belle mort. Se coucher un soir et ne pas se réveiller le lendemain matin.

Grâce aux soins qu'on lui prodigua, Edna retrouva durant quelques semaines une partie de sa combativité et de son humour. Ses sœurs la visitaient assidûment et la traitaient avec une gentillesse si inattendue qu'Edna devint suspicieuse. « Vous me cachez quelque chose, mes hypocrites. » Mais Gloria et Irma juraient sur la tête de leurs père et mère qu'elles ne lui dissimulaient rien, sachant qu'Edna souhaitait qu'on lui camoufle la vérité. Se jouer la comédie, elles avaient pratiqué cet art tout au long de leur dure existence. Sans doute Edna perçut-elle leur abattement et voulut-elle leur éviter d'être témoins de sa lente agonie. Le peu de rage qui l'habitait et la maintenait en vie la quitta. L'après-midi où elle décida, en quelque sorte, de partir, ses sœurs étaient à son chevet. Elle s'adressa à Gloria en yiddish. « On l'a pas eue facile », murmura-t-elle. « T'as toujours été trop intelligente », répondit Gloria dans cette langue qu'elles avaient partagée en une complicité quasi affectueuse. « J'me suis bien occupée de toi quand t'étais bébé », dit Irma. « J'le sais, souffla Edna. Pis c'est pas vrai que tu m'laissais dans ma pisse. » « Repose-toi, pis sois pas inquiète, on va rester ici avec toi », dit Gloria. « Vous êtes ben bonnes toutes les deux », souffla-t-elle. Gloria lui prit la main tout doucement pendant qu'Irma lui caressait les cheveux. Edna referma les yeux. Les deux sœurs évitèrent de se regarder et demeurèrent silencieuses. Plusieurs minutes s'écoulèrent. Seul le souffle affaibli d'Edna brisait le silence. « Je sens plus son pouls », murmura tout à coup Gloria. « Non ! Non ! » gémit Irma dans un sanglot. « Retiens-toi, ordonna Gloria. Elle haïssait ça voir le monde pleurer. » Irma ravala ses larmes. « T'as raison. On y doit bien ça. »

C'est en vidant son appartement que Gloria et Irma découvrirent la vie misérable menée par Edna les dernières années suivant la mort d'Ubald. Les tiroirs étaient remplis de vieux bas de nylon aux mailles filées, de sous-vêtements troués, de draps usés jusqu'à la trame. Les placards débordaient de litres de gin vides, de centaines de bouteilles miniatures de Grand-Marnier, de crème de menthe, de curaçao, de Bailey's et de sacs de bonbons anglais à la réglisse dont elle avait toujours raffolé et qu'elle avait apparemment stockés pour plusieurs mois. Gloria, qui ne lui avait jamais rendu visite dans cet appartement, en ressortit effarée. Elle apostropha Irma : « Tu l'avais vu ce taudis-là. Pourquoi t'as rien dit ? » « Fais pas ta scandalisée maintenant qu'y est trop tard. Étais-tu prête à ouvrir ton portefeuille pour l'aider ? » Les sœurs se partageraient la vingtaine de milliers de dollars que leur sœur avait conservés dans une boîte à chaussures dissimulée dans l'armoire de cuisine. Vingt-deux mille dollars au bout de deux vies de labeur, celle d'Ubald et celle d'Edna, incluant aussi l'héritage de Maurice. « Cet argent-là me brûle les mains », dit Gloria. « Tu vas pas le donner ? » s'inquiéta Irma. Sa sœur la regarda avec un sourire méchant. « Fais-t'en pas, ça sera à toi quand je mourrai, si je meurs avant toi évidemment. » En son for intérieur, Gloria regrettait qu'Edna ait précédé Irma dans la tombe.

Celle-ci, la vie détériorée par un glaucome, dépendait entièrement de son mari mais plutôt que vivre cette situation comme un handicap, elle avait le sentiment d'avoir Émilien à sa merci. De fait, ce dernier s'étiolait car ni sainte Thérèse d'Avila, ni saint Augustin, ni saint Jean de la Croix, ni sainte Catherine de Sienne dont il découvrait sur le tard le *Dialogue de la Divine Providence*, n'arrivaient à lui faire surmonter la neurasthénie dans lequel le plongeaient ses frustrations accumulées. Il s'inquiétait des palpitations cardiaques qui le tenaient éveillé la nuit et, quand il en informa Irma, elle lui conseilla de prendre une aspirine quotidienne. « C'est bon pour le cœur, ils l'ont dit à la télévision. »

Émilien ne dérogeait pas à sa routine. Chaque jour il sortait de la maison durant une heure. Pour faire des courses, pour laver sa voiture, pour se rendre à la librairie où il lisait les magazines sans avoir à les acheter, évitant ainsi les reproches de sa femme. La vue d'Irma était embrouillée mais elle tâtait tous les sacs qu'il rapportait pour s'assurer qu'il ne gaspillait pas leur argent dans des revues inutiles, compte tenu que la télévision contenait tout ce qu'on y retrouvait. Les samedis, elle l'accompagnait au centre commercial en s'accrochant à son bras comme une ancre. Il marchait trop vite, ou trop lentement, ne lui indiquait pas les embûches, elle l'engueulait à haute voix et finissait par lancer : « Ramène-moi à la maison. » Émilien s'accusait désormais à confesse de manquer de charité vis-à-vis de sa femme, incapable d'avouer qu'il désirait parfois qu'elle meure. Ces affreuses pensées accentuaient ses palpitations et Émilien découvrait en lui un autre homme qu'il n'avait jamais soupçonné. Le malheur le durcissait et cela le consternait.

Quand il ressentit un déchirement aigu au creux de la poitrine et un engourdissement du bras, il sut que son cœur flanchait et en fut presque soulagé. Il demanda au client de la librairie qui lisait à ses côtés d'appeler l'ambulance. Comme il l'avait vu maintes fois à la télé, il s'étendit par terre et détacha sa ceinture de sa main valide. Les ambulanciers arrivèrent et il sut qu'il pouvait perdre conscience sans entendre les cris hystériques de sa femme.

Trois semaines plus tard, Émilien s'éteignit, terrassé par une seconde crise cardiaque. Il avait manifesté le désir de retourner à la maison et Irma avait refusé. La nuit suivant son décès, elle se saoula et hurla aux loups. Elle laissa à la parenté exécrée d'Émilien le soin d'organiser les funérailles tout en contrôlant les dépenses. Elle refusa le cercueil à mille cinq cents dollars, consentit de payer un chanteur à l'église, ça faisait riche, croyait-elle, et la sœur d'Émilien dut se battre avec elle pour que son frère soit exposé avec son costume le plus neuf. Irma avait tenté de lui en refiler un vieux afin de vendre le premier. Le soir de l'enterrement, Gloria accepta de dormir chez elle. « Tu vas pas m'abandonner », gémit Irma. « Tu sais ben que non. Calme-toi et reprends tes esprits. » Gloria amorça un geste vers elle qu'Irma interpréta comme une caresse. « On fait pitié », dit-elle. « J'te le fais pas dire mais l'important c'est qu'y faut pas que ça paraisse », répondit Gloria.

31

Grâce à son entregent, son humour, son refus évident de laisser la maladie s'emparer d'elle et ses talents de joueuse de cartes, Gloria était devenue la coqueluche des petits vieux de sa résidence. Elle faisait des jalouses et en riait avec son amie Rose, laquelle les attirait par son habileté de tireuse de cartes. Pas une journée ne se passait sans qu'on complimente Gloria pour sa coiffure, une robe pimpante sortie de sa garde-robe des années soixante ou simplement pour l'énergie joyeuse qu'elle dégageait. Les résidentes cherchaient sa compagnie à la salle à manger et le personnel avait pour elle des attentions particulières. À vrai dire, Gloria que la dérision avait toujours protégée de l'âpreté de sa vie se laissait toucher par ces hommages divers. Cette vie sans engueulade, sans heurt, sans crainte de scandale, sans inquiétude matérielle, il avait fallu qu'on meure autour d'elle et qu'elle devienne octogénaire pour la découvrir et cette pensée atténuait le plaisir qu'elle en éprouvait. Elle s'appliquait à combattre la tentation des regrets qui lui pourriraient ces années heureuses. Chienne de vie, pensait-elle, que de trouver si tard ce qu'elle avait attendu de sa jeunesse.

Ses nouveaux amis la qualifiaient de gentille, d'attentionnée, d'aimable, de spirituelle, de distinguée et elle recevait ces compliments en souriant et en disant : « Vous êtes trop bonne », « Arrêtez, je vais rougir. » Parfois elle se sentait comme un imposteur parmi ces gens dont certains appartenaient à une classe sociale dont elle aurait été exclue dans le passé. Une ombre de vengeance l'effleurait alors. Par contre, certaines situations lui donnaient le sentiment de trahir ses proches dont elle parlait comme de bons bourgeois bien éduqués. Elle n'allait tout de même pas raconter qu'elle venait d'une famille d'ignorants, d'alcooliques et de mal-embouchés. Elle s'attardait plutôt sur l'esprit voyageur de ses frères et sœurs. Elle décrivait son séjour en Europe, ses escapades aux États-Unis ainsi que celles de ses sœurs. « On s'est beaucoup promenés dans ma famille », racontait-elle en jetant des regards à Rose qui levait les yeux au ciel l'air de dire : « Vas-y, Gloria, mets-leur-en plein la face. »

Elle s'obligeait à rendre visite une fois par semaine à Irma qui vivait désormais dans un centre d'accueil. Cette dernière était aveugle et le confinement troublait son esprit. Elle confondait les dates, télescopait les événements auxquels elle se référait et se comportait avec le personnel soignant masculin en coquette qu'elle avait été dans la splendeur de ses vingt ans. Elle disait à Gloria : « L'infirmier du soir est fou de moi. Y veut m'embrasser pis pas sur les joues. » Gloria répondait : « Voyons, Irma, es-tu en train de perdre les pédales ? » car elle refusait de voir sa sœur glisser ainsi dans la sénilité. Au fil des mois, elle sortait de ces tête-à-tête le cœur si lourd que, dans un réflexe pour se protéger de ces heures affligeantes, elle espaça ses visites. Or Irma, toute confuse qu'elle fût, se plaignit aux infirmières d'être abandonnée par Gloria. Cette dernière en fut informée par un membre du personnel sur un ton où elle détecta un reproche et elle répondit sèchement qu'elle n'avait plus l'âge de se faire dicter sa conduite. Cet incident la bouleversa plus qu'elle ne l'aurait imaginé, si bien qu'elle en conclut que sa nouvelle vie heureuse la rendait plus vulnérable aux désappointements et aux désagréments de l'existence. « En vieillissant, on s'endurcit pas, on ramollit », confia-t-elle à Rose. Ou elle revisiterait sa sœur de façon plus régulière au risque d'ébranler son moral ou elle cesserait les visites.

Irma lui facilita la tâche en perdant progressivement ces périodes de lucidité qui la plongeaient dans le désespoir. Elle lui parlait d'Edna venue la visiter la veille, de leur mère avec laquelle elle avait magasiné quelques jours auparavant. Gloria ne tentait plus de la ramener dans la réalité. Elle acquiesçait, en rajoutait : « Edna a eu la grippe. » Irma disait : « Elle a dû se soigner avec son p'tit gin » et elle riait à gorge déployée et Gloria riait avec elle jusqu'à ce que les sanglots lui montent à la gorge. Ses visites s'espacèrent encore et sa sœur ne s'en rendit plus compte, le temps pour elle se déroulant désormais selon des règles éclatées et mystérieuses.

Gloria ne lisait plus les pages nécrologiques depuis que, dans sa résidence, on mourait semaine après semaine. Elle fuyait les octogénaires comme elle et recherchait la présence de plus jeunes avec lesquels elle partageait la passion des cartes et du bingo. Elle avait délaissé la télévision, se limitant aux informations qu'elle regardait d'un œil critique. Le monde s'était transformé en zoo, à ses yeux les gens étaient devenus des bêtes enragées, livrés à leurs bas instincts. « Heureusement qu'on vivra pas dans ce monde-là », disait-elle à Rose, sa seule et dernière amie qui ne l'avait jamais contredite. Pourtant Gloria l'avait souvent critiquée dans le passé, elle s'en était moquée avec méchanceté, sans l'épargner. Elle se surprenait à éprouver pour sa vieille Rose une affection qu'elle avait crue étrangère à sa façon d'être et qu'elle mettait sur le compte de son grand âge. Car elle s'était toujours méfiée dans le passé de ce qui l'émouvait. Elle devenait même sensible à la nature, aux saisons. Elle qui n'avait eu que mépris pour les campagnards s'extasiait désormais sur les paysages champêtres, les champs moissonnés, les ruisseaux en débordement. En fait, elle retournait à ces courtes années heureuses du temps de sa grand-mère. Elle riait d'elle-même. « J'radote », disait-elle à haute voix dans la chambre coquette et spacieuse qu'elle appelait son appartement.

Un après-midi de février, elle rejoignit Rose à la salle commune pour le bingo bihebdomadaire. La veille, elle s'était rendue, malgré les moins vingt degrés, auprès d'Irma dont l'état général s'affaiblissait. « Faut pas penser qu'à soi-même », avait-elle déclaré à Rose qui s'inquiétait de la mine triste qu'elle avait toujours après ces visites. Cette phrase sonnait comme un mea culpa dans la bouche de Gloria pour qui les autres, en apparence du moins, n'avaient été qu'instrumentaux dans sa vie.

La partie débuta, la carte de Gloria se remplissait de jetons. « Maudite chanceuse, souffla Rose, y t'en manque qu'un. » Gloria sourit sans la regarder, concentrée qu'elle était sur son jeu. « B 14 », annonça le meneur de jeu. « BINGO », cria Gloria, rayonnante. Elle leva le bras et s'effondra. Son cœur trop heureux venait d'éclater.

Les trois sœurs n'avaient pu se passer les unes des autres. S'étaient-elles aimées ? Rien n'est moins sûr. Dans leur famille, l'amour était secondaire. Avaient-elles été aimées ? Sans aucun doute. Mais pour Edna, Irma et Gloria, être aimé ne résumait pas une vie.

Composition IGS
Éditions Albin Michel
22, rue Huyghens, 75014 Paris
www.albin-michel.fr

ISBN : 978-2-226-17689-9
Nᵒ d'édition : 24987 – Nᵒ d'impression :
Dépôt légal : mars 2007

*Achevé d'imprimer au Canada
en mars deux mille sept
sur les presses de Quebecor World
St-Romuald*